我们文物医生

就是要化腐朽为神奇

"大国工匠人物传"丛书

吴顺清

让沉睡的文物『复活』

朱朝敏◎著

中国工人出版社

图书在版编目（CIP）数据

吴顺清：让沉睡的文物“复活” / 朱朝敏著.
北京：中国工人出版社，2025. 8. -- ISBN 978-7-5008-8762-1
Ⅰ. I25
中国国家版本馆CIP数据核字第2025AZ3043号

吴顺清：让沉睡的文物“复活”

出 版 人　董　宽
责任编辑　刘广涛
责任校对　张　彦
责任印制　黄　丽
出版发行　中国工人出版社
地　　址　北京市东城区鼓楼外大街45号　邮编：100120
网　　址　http://www.wp-china.com
电　　话　（010）62005043（总编室）
　　　　　（010）62005039（印制管理中心）
　　　　　（010）62379038（社科文艺分社）
发行热线　（010）82029051　62383056
经　　销　各地书店
印　　刷　宝蕾元仁浩（天津）印刷有限公司
开　　本　880毫米×1230毫米　1/32
印　　张　5.5
字　　数　93千字
版　　次　2025年9月第1版　2025年9月第1次印刷
定　　价　49.00元

国之大者，工匠先行

——“大国工匠人物传”丛书总序

在中华全国总工会成立100周年之际，全国总工会宣传教育部、中国报告文学学会、中国工人出版社联合开展了“文艺工作者走基层”活动，推出“大国工匠人物传”丛书，向全国总工会献礼，向广大劳动者致敬！

“知者创物，巧者述之守之，世谓之工。百工之事，皆圣人之作也。”这是中国所见年代最早的关于手工业技术文献《考工记》中对工匠的记载。“工”之责在于造物，“匠”者为能工鼎识者也。

幼时，老家云南昆明大板桥的老街上，从南头到北头，都是大大小小的手艺人，木匠、石匠、焗匠、骟匠、竹篾匠、鞋匠、箍桶匠……空气中飘荡着木匠的刨花香和石匠敲打出来的粉尘，充满着焗匠手中皮带的“吱扭扭”声、骟匠刀下小猪猡的闷哼、箍桶匠皮锤不轻不重的敲击声。老街上的竹篾匠是我的一个表姨夫，他来自四川，有着一手出神入化的编造竹篾手艺。粗壮的毛竹是表姨夫手中的“百万雄兵”，在一把锋利无比的刀的指挥下，被劈成厚薄、粗细不一的篾。表姨夫的本领仅次于撒豆成兵的天神，他能化篾成物，一般家里能见到、用到的器物，他都能用竹篾编出来。母亲曾命我在老街上买一个暖水瓶的内胆，然后去表姨夫的摊位上，坐等他为暖水瓶胆编制一件竹制的外壳。那个暖水瓶至今还在我家老屋的一个角落里。竹篾壳早已被岁月包了浆，虽然久不使用，却依然油润、红亮。这便是我幼时对匠人的记忆。

五千多年的中华历史长河中，涌现出了无数能工巧匠，他们或如明月光照，或如星河璀璨。一代代薪火相传的工匠精神，不仅成就了那些流芳百世的绝世建筑与器物，更是烛照我们通向文明现代化进程的精神之光，是我们文化的自信心、民族的根与魂。

从“嫦娥”探月到“祝融”探火，从“北斗”组网到“蛟龙”深潜，从港珠澳大桥横跨三地到大兴国际机场凤凰腾飞……这些挺起中华民族脊梁的大国重器、世纪工程背后，无不凝聚着万千工匠的心血和汗水，映照着工匠们孜孜以求、拼搏奋进的身影。

本套丛书收录的是全国总工会历年评选出的大国工匠

的人物传记。他们当中有焊接高铁的“工人院士”李万君、打破国外高端设备维修垄断的王树军、让中国锻件立于世界之巅的刘伯鸣、“人刀合一”的顶级钳工李凯军、在高空“穿针引线”的竺士杰、油田里的创新能手刘丽、了不起的“钢铁裁缝”艾爱国、数控机床上的“雕刻师”孟维、让三星堆文物“活”起来的郭汉中……他们有的是传统加工业的锻造者，为了突破技术瓶颈精益求精；有的是新兴制造业的探路者，为了实现精密制造巧思妙想；有的是军工行业的铸剑者，为了打造国之重器默默坚守；有的是民间手工艺的守护者，为了传承非遗文化精雕细琢……他们奋战在国防军工、装备制造、传统工艺等行业的第一线，以久久为功的钻研和创新，造就了一个个传奇。

这些杰出的工匠，尽管行业不同、岗位不一，成长经历各异，但他们都有着爱党爱国、敬业奉献、创新争先的优秀品质。他们耐得住清贫与寂寞，用灵巧的双手和精湛的技艺，数十年如一日地在平凡的岗位上雕琢自己心中的梦想，以实际行动诠释着“执着专注、精益求精、一丝不苟、追求卓越”的工匠精神。“天下大事，必作于细。”工匠精神既是中华民族技艺世代传承的价值理念，又是中国开启新征程，从制造业大国迈向制造业强国的时代需要。

“大国工匠是我们中华民族大厦的基石、栋梁。”2024年3月5日，习近平总书记参加十四届全国人大二次会议江苏代表团审议时强调“树立工匠精神”，指出“没有金刚钻，揽不了瓷器活”，要“把第一线的大国工匠一批一批培养出来”。党的十八大以来，习近平总书记对建设高素质劳动大军高度重视，强调“当代工人不仅要有力量，还要有智慧、有技术，能发明、会创新，以实际行动奏响时代主旋律”，深刻阐述工匠精神“执着专注、精益求精、一丝不苟、追求卓越”的内涵要义，号召全社会弘扬工匠精神，“为全面建设社会主义现代化国家、实现中华民族伟大复兴的中国梦提供有力人才和技能支撑”。

“匠心聚，百业兴。”无论是传统产业，还是新兴产业、未来产业，大国工匠在发展新质生产力的历史进程中不可或缺。随着经济发展方式转型和产业结构升级，中国要实现由制造大国向制造强国的转变，实现由中国制造向中国创造的跨越，离不开广大劳动者的创新和创造，更离不开对工匠精神的继承和发扬，于是呼唤更多大国工匠成为时代强音。

文艺是时代进步的号角，最能代表一个时代的风貌，最能引领一个时代的风气。中国报告文学学会、中国工人出版社联袂推出“大国工匠人物传”丛书，以图书的形式为大国工匠树碑立传，让他们的故事和精神具有更广泛的交流传播价值和长久的史料价值。本套丛书的写作者奔赴大国工匠生活的城市，深入大国工匠工作的厂区、车间、工作室，获取了全面细致的第一手材料，最终将大国工匠的成长、成才故事呈现在读者面前。

“大国工匠人物传”丛书讲述的是个人奋斗史，也描绘出大国工匠的群体形象。可以说，这套丛书是目前国内系统研究众多大国工匠人生轨迹的权威读本，既有对每位大国工匠的整体介绍和事迹梳理，又有具体的事件、案例，全面、生动地展示了大国工匠各个人生时期的工作和生活状态。

新时代是奋斗者的时代，中国式现代化建设新征程这一宏伟事业为广大工匠技能人才成就梦想提供了广阔舞台。每位劳动者都是主角，都可以成为工匠精神的践行者。大国工匠是新时代的最美奋斗者，更是和平年代当之无愧的英雄。

国之大者，工匠先行，向着中华民族伟大复兴的目标砥砺奋进，行稳致远。

是以为序。

目　录

这个脱水技术对于饱水木漆器脱水具有普遍性，可以重复使用，节省了材料和经费。另外，操作也很简单。所以，复合乙二醛脱水技术在中国饱水木漆器保护修复方面得到广泛应用。

吴顺清的名声再一次远扬，是在他参加工作 9 年后，与湖北江陵县马山一号楚墓的发掘有关，更细致地说，是与马山一号楚墓出土的丝织绣品的保护和修复有关。

这一项技艺涉及清洗、加固、修补等方面，而且经过该项技术处理后，出土的丝织品文物的颜色也焕然一新。重要的是，经过这种技术处理后，丝绸文物的韧度加强，甚至可以折叠、卷曲，恢复了部分丝绸的性能。

吴顺清更是练就了一双犀利的穿透力极强的“千年眼”，这双眼睛似乎被时间赋予了魔力，往往能看透表层，直至器物内里，发现它的本质。说到底，这仍是经验的缘故，而经验来自无数次的现场奔波和文物战场的“搏斗”。

序章 冬日初见

2024年12月初，我接到采访大国工匠的通知，可能源于我人在宜昌，与吴顺清老师居住地荆州邻近的缘故，所以安排我来采写。但是，时间比较紧，要求是开年2月底交稿。那么我的采访和文字叙述，满打满算也不到3个月的时间。

我有些犹豫。我主要从事小说和散文这两个体裁的写作，虽然也写过纪实文学，但是只写过一部，而且那是建立在日深月久的实践经历上，积累了诸多第一手材料，内心有很深的触动，不免产生表达的冲动，故而提笔，几乎是水到渠成似的文字流泻，再加上是主动而为，没有压力，写来顺手。而这个“大国工匠”吴顺清文物修复和保护的事迹，我完全陌生。就像俗话所说的“隔行如隔山”一样，手生自然带来口涩笔也浅。此外，还有一个原因，时间恰逢年底了，面临的是春节，而我父母身体欠佳，照顾我父母的姑姑在春节期间肯定要回家，我这个待在父母身边的唯一女儿，自然不会有轻松日子。

面对邀约，我考虑了下，便拒绝了。

但是，出于好奇，我还是忍不住上网搜索了下。这一搜索，我发现，吴顺清与我父亲的年纪差不多，年逾古稀，如今还奋斗在文物保护和修复的第一线。而且，他这个曾经毕业于武汉大学化学系高分子化学专业的高才生，完全是个理工科毕业生，居然被分配到属于文科类的文物保护和修复行业。

我在心中叫道，这才真是隔行如隔山。

这一叫，又让我心中顿时一惊。吴顺清当时也是我此时的心情吧，况且那涉及以后的人生之路，肯定要比我的心情复杂得多，但是他竟能安下心来，取得了如此不俗的成就。我的推辞……我意识到实质还是自己偷懒和怕麻烦的情绪在作祟。

此际，邀约再次来了。我便接受了采写任务。

随后，我进入一个小群，里面是吴顺清与当地的工会和博物馆的老师，包括我在内总共 4 个人。出版社相关人员介绍了我的情况，我们分别加上微信。

于是我约吴顺清，打算周末就去荆州拜见并采访。过了好一会儿吴顺清才回复我，他本周四要出门，可能一周时间都在外面，询问我能否下周末见面。我那时正在忙什么，居然只回复了一个字，“行”。事后又觉得不妥，人家可是与我父亲同龄的老人了，于是又补上一句话“下周末见”。吴顺清可能也在忙什么——事后，我反应过来，他肯定又准备“出门”去了，而所谓的“出门”正是吴顺清的常态，大致与文保工作有关。但是，我没有在微信中发问，因为我想，吴顺清此际正在忙，我这个“闲人”最好不要搅扰，给对方清静就是尊重。况且，我们下周末就可以面见对谈了。

为保证面谈顺利，不浪费时间，我便联系荆州文物保护中心纺织品部主任邱祖明，希望他能准备吴顺清的相关资料，我到荆州来拿。接着我又在网络上搜索，收集有关资料，狂补文保知识，也通过大量的资料来熟悉吴顺清这个人和他的工作。

这样开始了前期的准备工作。

近半个月后，我再次约见。吴顺清老师已经回荆州，我们约好周五相见，地点就在他的单位——荆州文物保护中心。吴顺清担心我这个外地人，建议我有什么事随时联系文物保护中心的邱祖明主任，他全权委托过邱主任。我心头一热，赶紧说："没事的，我也是湖北人。"不到三分钟，吴顺清又给我打来语音电话，反复交代我，文保中心不在荆州博物馆，而是在三国公园里面，不要走错路了，你记得要经过公园大门。随后，他又发给我一个定位。

周四晚我赶去荆州住下，而后又从所住酒店步行到市文保中心，先打个前站，熟悉下环境。三国公园很好找，进去后，左右侧有两条道路，又是夜晚，黑漆漆的，只有湖水微微泛出一点星白，提示我这个公园面积很大。我犹豫了下，按照定位，选择了左侧道路，便进入湖边的偏僻小路，没走几步，道路已到尽头，而定位显示我就在文保中心附近。我又改右侧道路，路宽敞，两边都是湖水，道路尽头便是文物保护中心了。

翌日，8 点整，我出门，从酒店步行到三国公园，再到文保中心。时间尚早，我便在文保中心大楼周围转个圈。那时，太阳冒出了头，周围的湖水水波潋滟，湖边和道路尽是古树和修竹，即便是隆冬季节，它们也仍旧撑出一片油绿。道路边侧和花圃中的月季与菊花姹紫嫣红、含蕊吐芳。清风拂过，湖水泛起层层波澜，而一股淡淡的花香味渗透在清冽的空气中，沁人心脾。虽然有些冷，但是空气好，阳光已经穿透云层露出了脸庞，让人感觉到心旷神怡。

幽静，沉潜，物我两忘。

这似乎契合了文保工作的一些特质。而真能在这样好的环境中工作，想必也是福气。只是，这样的环境能争取来，恐怕……事后，我在采访中得知，文保中心是新建的，大致在 2017 年搬迁到这里，而能争取到这样的地方修建单位，恰与吴顺清有一定的关系。他和单位的一些老同事，抓住荆州市规划文化大城的机会，多次联系有关部门，使出浑身解数汇报和沟通，终于争取到如此风水宝地。

我溜达完一圈，刚好又回到起点。由于开始进来时，我登记并请求保安，如果吴顺清到了单位，就彼此通知下。结果刚转弯，门房跃入眼帘时，里面的保安就打开了窗户，朝我扬起右臂招呼说，吴老师早已去单位了。

我一路小跑，跑到二楼。二楼昏暗的走廊里马上闪出一个身材魁梧的老人。他灰白却不失蓬松的头发有些亮眼，而“国”字脸上的那双眼睛马上聚焦我的视线。那双眼睛有些发黄，却在昏暗中闪烁光亮，扎了下我的眼睛。犀利、精锐等词语先行占领我的大脑。但，一阵爽朗的笑声响起，吴顺清的双手递过来。

我不由得夸奖道：“吴老师，您气色真好。”

吴顺清又是一阵哈哈大笑，接着再次对我表示了欢迎。

就在他的办公室，我们开始了对谈。开始我们很随意，我蛮有信心地问吴顺清，前几天是否又去了外地，在从事出土文物的保护和修复。

“是的。”吴顺清答道，并笑呵呵地点头。看得出，他很享受那种沉浸到工作中的忙碌状态。

“您半个月前去了安徽淮南武王墩墓保护修复的现场，刚回到了家，我就着急联系来了，真不好意思。”我不由致歉。我知道，在外奔波总是累的，何况来回有好几百公里的路程，说到底，吴顺清还是与我父亲同龄的老人。

吴顺清却说：“这样刚刚好，咱们都不耽搁时间。”

显然，对于年逾古稀的吴顺清而言，时间仍是他在意的东西，一直觉得不够用，生怕辜负。这与我接触到的年

吴顺清

逾古稀的老人完全不同。若要用一句话概括，就是服老与不服老的区别。服老状态下，是松弛，是日复一日地按部就班地度日。而不服老的状态，是感觉时间紧迫不够用，担心手中的事情做不完，留下遗憾。当然前提是，有事情做，而且还是自己钟情挚爱的事情。

吴顺清解释是职业习惯。他喝口白开水，又自嘲，自己待在文保这个行业大半辈子，不知道都忙了些什么，但就像陀螺一般转不停，转出了习惯来，内心也充足坦然，一旦不做事，真闲下来，一颗心就会发慌。

我插话道：“主要是您有事情做。”

吴顺清点头，脸上绽开笑容。“就是就是，文物保护和修复，就像文物本身，是历史的东西，历史有多长，文物保护和修复工作可能就会有多长——”说到这里，吴顺清停顿下，又说，“你看，那些埋葬在古墓里的器物，经历了几千年时间，躺在地底还能不腐烂，这本身就是古人运用智慧保护的结果。当被我们发现了，发掘出来，这些文物改变了‘生存’环境，就会破损腐朽，而且已经破损的残件想要恢复，我们就要做些事情，就是所谓的文保。这工作只不过是我们现在借助了科技手段和专门措施来开展的，相对于古人来说，本质上还是一回事儿。所以，历史那么长，埋葬地底的文物会不断出土，而出土的文物要得到保护修复，可不是短时间就能解决的，是个很漫长的过程。我虽然在文保行业待了50多年，但我相对于文物本身而言，还是幼儿园的学生，甚至可以说还是门外汉。我要做得好一些，要真正地保护好这些宝贝，尽量减少损失甚至避免损失，就只能抓紧时间学习和实践，放松不得啊。”

毫无疑问，吴顺清是个工作狂。但他除了文保工作，还有其他的兴趣爱好——钓鱼。以前逢到节假日休息，有朋友邀约，他就会去河边湖畔甩几竿子，享受下自然风光和钓鱼的乐趣。如果工作出现僵局，一直没有进展，尤其是研究项目进入死胡同时，人不免郁闷烦躁，即便没有人邀约钓鱼，他也会拿上钓具独自去河边湖畔坐上一会儿，换一下脑筋，松绑下紧绷的思维。话说，钓完鱼再回到工作上，他的心态平和多了，思维似乎也开阔了，工作劲头更足了。现在他已经退休，时间安排上有了一定的自由，每隔一段时间，他就会去钓鱼。他说，现在去钓鱼，在水边坐坐吹吹风，除了换下思维，主要还是放松下身心，享受下自然。

继而我们聊到他的家庭。

没想到，吴顺清一家三口全部从事文物保护和修复工作。吴顺清的夫人也是荆州文物保护中心的职工，并且一直是吴顺清的助手，如今已经退休，但偶尔也会跟着吴顺清到文保现场去。吴顺清介绍：“我夫人是身虽退休离开单位，但一颗心还留在文保行业，时时在岗。”吴顺清的儿子吴昊是“80后”，大学学的是美术专业，但在家庭环境的耳濡目染下，吴昊从小就对文保工作有兴趣，也学习了一些知识。多年前，吴昊画画时，吴顺清一句话便完全改变了他的就业方向。吴顺清问儿子：“你注意到没有，元代的画太有意思了，几乎是一笔画到底，这很考验功底的，你会不会？”吴昊对父亲的话有些惊讶，但看了父亲递来的几张照片，说是出土的元代文物，上面的图案的确有些意思。他不由得钻研起来，又信手跟着画了几张，却无韵致。吴顺清建议儿子跟自己去考古现场看出土的文物上的绘画图案，说看多了，就会刻在心里，下笔就会顺手得多。吴昊去多了，便对文保现场产生了浓厚的兴趣，于是就决定从事文保工作，跟着父亲学习文物保护和修复。如今他在荆州文物保护中心已经工作多年，算是老职工了，这真是子承父业。

文保工作单一，除了赶赴现场参加考古发掘，守在现场进行文物提取保护和修复，其余时间均是待在办公室伏案工作，静默无声，一颗心全神贯注于手中的活计。无论出门在外还是在室内，面对的全是陈旧的甚至快要腐朽的物件。终年如一日，不免显得枯燥无味，而这一家三口又都选择了文保行业工作。还有，吴昊妻子的工作内容也与历史文物有关，在荆州博物馆工作。这就是缘分吧。也可以说，是对文物保护工作的痴爱而形成的特殊磁场带来的家庭模式，而那个磁场中心就是历史和出土的历史文物。

“我们一家人每天的话题除了衣食住行，就是文保工作，所以有说不完的话，有时还有探讨和争论，少不了激烈的场面。虽然当时觉得很上头，但事后想来又觉得蛮有趣。更有趣的是，我孙子也对文物感兴趣，而且问题超多，常常问得人哑口无言。”

说起孙子，吴顺清再次哈哈大笑。他讲起在三星堆考察时，孙子跟着去了，到现场不久，小家伙问道，为何三星堆的文物都埋藏得比较浅？一时，大家面面相觑，不知如何回答这个问题。事后，大家又相互询问，为何三星堆的文物埋藏较浅，大家七嘴八舌地分析了一会儿，也没得出一个定论。大家倒是一致认为，这个问题从一个小孩嘴巴里说出来，多少有些让人震惊。

接着吴顺清又说到文保工作上来。

吴顺清侃侃而谈，没有大话空话，全都是围绕他的工作——文物保护和修复展开的，而且注重细节。但是我注意到，他的叙述并不圆润。也就是说，吴顺清不擅长讲述。我甚至可以断定，他口拙。这恰恰是一个技术人员的标配。虽然不擅长表达，但是他的热情和坦诚补救了讲述，并辅以讲述的连贯性。采访中，他的讲述不曾出现空白和沉默。

吴顺清的声音从高亢爽朗逐渐降至平缓，甚至低沉。一双炯炯有神的眼睛，开始与我对视，而后会看向半空，一副若有所思的模样。

我知道，这次采访，吴顺清讲述的不是一两次参加文保的经过，而是整个生命历程。他在讲述中，将自己放逐于时间的隧道，逆向回溯，一副回忆状态。就像一部时光机，接通了电源，在波澜起伏的时光河流中，人生之船颠簸其上，却义无反顾地驶向远方。那里，有他的青春梦想，有他人生抉择时的彷徨和一锤定音，有他的快乐和遗憾，也有他孜孜不倦倾注了毕生心血的创造研究，还有他的殷切期望……

诸多情绪夹杂在甲辰年冬月的周五这天，给这个日子注入水分和养料，也赋予这个日子不寻常的意义。对谈中，吴顺清时而哈哈大笑，时而静默，时而双目炯炯，时而望向半空陷入沉思。他时而提高声量答复我的疑问，时而又陷入低沉缓慢的回忆性叙说。

但是，吴顺清一直端坐在办公椅上，双手放在桌面，上半身前倾，面对右侧沙发上的我，除了中途给茶杯续开水，端起茶杯喝水。

这不曾改变的姿势，使我读到了固执倔强，也读到了虔诚和不悔。

那一天的时间过得真是快啊。采访中，我大致提了近 20 个问题，吴顺清的回答全都着重于细节，他的回忆灌注了强烈的感情，语调有起伏，沉思般的状态让人为之动容。

而我带的笔记本快要记满了，录音笔和手机录音也呈现半饱和状态。

这次采访，我听到的绝不只是吴顺清在文物保护和修复工作的一些经历，也不是他获得荣誉的过程，而是一个人的生命旅程，是一群人在前辈的带领下，致力于一项冷门工作的阶梯性的生活状态。这样的生活和生命旅程，打通了漫长而曲折的岁月隧道，使古今得以相融，历史的尘垢被拂去，某些真相被还原出，某些细节重见天日，我们民族的文脉也就鲜活起来，并能畅通无阻地延拓……

第一章 『误打误撞』进入博物馆

吴顺清是武汉大学高才生，读的是高分子化学专业。对这个专业，他这个理工男很有兴趣，也学得得心应手，正如当时的“天之骄子”普遍的心理，盼望大学毕业后，能够应用所学的专业知识去创造个人未来。所以，吴顺清对未来存有诸多美好的假设，但所有假设都建立在高分子学科知识上，就像他手握高分子化学专业的万花筒，只要按下那个按键，缤纷斑斓的烟花就会如瀑布般倾泻式迸现。

终于等到毕业了，吴顺清兴奋不已。他似乎看见，人生之路清晰地呈现在眼前，而自己就踏上了那条道路的路口。

但是……

吴顺清一直记得毕业后拿到分配通知书到上班报到的那三天。

那是心情起伏、神思不定的日子。吴顺清的内心可谓起起伏伏，既有学成归来，对未来生活充满信心并大展抱负的无限憧憬，又有因为所学的专业与即将就任的岗位不对口的忧虑，更多的还是不服气。他赌气地想：“我一个学化学的，到博物馆干什么？难道年纪轻轻就在故纸堆和陈旧器物中度过，那皓首穷经的日子，可是一眼望到头，没一点意思。”

情绪就这样被自己闹了起来。

吴顺清跑到分配办公室，赌气地退回分配通知书。接待他的是一位和蔼的长者，耐心地劝说，却没一点儿效果，吴顺清就是不答应。长者就长叹一声，说：“你这个毕业生是我经手的最后一个毕业生，这么犟，看来我一生的名誉都会被你砸掉。”吴顺清还是不应声，也不离开。长者想了想，就说：“你那么不愿意去博物馆，那就只有一个办法了，我把你退回学校去，由学校重新分配。”这下可把吴顺清难住了。那时，重新分配可是很没面子的事情，在世俗的理解中，只有毕业生品行不好或者能力很差，才会被单位拒绝，打回学校，再有重新分配一说。要真是由学校来重新分配，等于自掴脸庞。年轻的吴顺清自尊心恁强，一听长者的话，马上掉头离开。

可吴顺清心中还是不服气。

但是，分配通知书就在手上，就像铁锤落地，一切定了局。作为武汉大学化学系高分子化学专业的毕业生，因为这个分配通知，他马上就会转行到文物修复与保护行业了。从高分子化学专业到文物保护和修复，真可谓风马牛不相及。俗话说得好，隔行如隔山，其中的千沟万壑是经过了无数世人检验的，是真理。

这真叫人手足无措。吴顺清的心情冷凉，有些迷茫不安，甚至颓丧。但谁说人的一生就是规划好的一成不变？要是那样的话，未免有些乏味了。对于20岁出头的年轻人来讲的确漫长，似乎一眼望不到头，这条路上哪能笔直到底？肯定是曲折的，但曲折处必然藏有无法预料的风景。人到世上一趟，多看几个无法预料的风景也不失为人生快事。这样一想，似乎为自己解脱了，吴顺清怀揣分配通知书前去荆州博物馆报到。

那是51年前的一个夏日，具体地说，是1973年12月13日的上午。天气寒冷，吴顺清却感到燥热，他怀着一颗忐忑不安的心推开了荆州博物馆的大门——事实是，他几乎压着报到的最后期限而来。他原以为，单位对自己这个新成员不会多看一眼，自己悄悄地到办公室报名完事。没想到，他的到来立即引来博物馆同事们的热烈欢迎。同事们听说分来了武大毕业的新同事，纷纷从办公室迎出来，围住吴顺清握手，相互介绍。面对大家的热情，吴顺清有些羞涩，不多的言辞和偶尔露出的微笑，实际是不知所措，还有些自责——自责自己小看了这个单位。但大家似乎知道吴顺清因为专业不对口而存在忧虑，哈哈笑着安慰他不要担心，还说：“你这个武大化学系的高才生，现在加入我们文物保护和修复的队伍，肯定不是完全隔行，你等着瞧，这个舞台广阔，以后保证有你的用武之地。”

吴顺清点了点头，同时，那颗忐忑不安的心也稍稍稳定下来。同事们回到办公室，他也报到完毕，便呼出一大口气。但与此同时他心中有一个声音响起来：既来之则安之，以后的道路绝不是想当然想出来的，而是靠自己的双脚走出来的，那就把一切交给双脚吧。他马上来到分给自己的办公室坐下。

这一坐，吴顺清知道，人生的重大抉择就此尘埃落定了，随即也正式开启了文物保护和修复的漫长旅程。

彼时，国家文物局正在征集一批珍贵的文物出国展览，荆州博物馆挑选了几件春秋战国时期的漆木耳环送展，这么珍贵的文物，让荆州博物馆对参展充满了期待。意外的是，他们送去的漆木耳环竟然落选了，原因也很明显——漆木耳环没有经过脱水处理，不具备送展条件。

而荆州号称文物之城，古楚发祥地。送展的文物却被打回，这未免太打脸了。在这样的“耻辱”下，荆州博物馆决心成立实验室，对出土文物进行保护和修复。既然是实验室，肯定涉及实验研究，而实验研究多少会沾上化学这个科目，这对于化学系毕业的高才生吴顺清来讲，不是学以致用又是什么？吴顺清是理想的人选，他理所当然地被招募为“第一人”。（2003 年 7 月，荆州文物保护研究中心成立，吴顺清成为首位主任。2005 年，该中心更名为荆州文物保护中心。）“研究”在某些层面就是实验的代名词，这肯定有科技含量，高分子化学专业与文保专业，在这个层面说来，几乎相等了，没有高低之分。这多少给他曾经失衡的心理带来了安慰，同时也带来了挑战。现在算是名正言顺了，再也没有借口了，能否在这个岗位做出成绩来，就看自己的努力了。

慢慢地，吴顺清弄清楚了自己从事的职业的不平凡。

“文物保护和修复”，这几个字看似简单，实则沉重如山，内里蕴含着诸多信息。它涉及的不仅是考古学、历史、艺术、宗教，还有建筑、工艺、化学、物理、医学等多个领域，大有覆盖全部领域的宏伟气势。这项工作，包含了科学技术和历史文化知识，要求工作人员是文理科全才，是包揽全领域的通才。同时，它也是一项极其考验心智的手工活——它要求工作人员拥有超越凡人的耐心和细心，还要有定力及守得住寂寞的平常心。而这些，以文物修复和保护的名义一一展开来，实际是摊附在漫长而细微到分秒计算的时间上。这似乎意味着，做这项工作几十年如一日，既有岁月洪流大浪淘沙的无情凛冽，又有精细到分分秒秒的专心致志。

以后，无数的事实加以证明并阐释。这恰如理念，在时间之水的浸润下渗透到身体各处，随之日益坚定并化为一种认知习惯。

五十年如一日。这是媒体对吴顺清工作的简单概括。事实也如此。吴顺清也承认，这句话既没有注水分夸大，

吴顺清（右二）和同事在发掘现场提取纺织品

也没有美饰，而是实事求是地陈述总结了他的工作。这仿佛是在说，吴顺清的工作就是循环往复、日复一日地重复“奔赴现场、发掘修复、研究保护、完美呈现”的行为。

这令人想起古希腊神话的西西弗斯，他绑架了死神，让世间彻底消弭了死亡，这行为却触犯了众神。众神为了惩罚西西弗斯，便要求他把一块巨石推上山顶，而巨石异常沉重，每每快到却又未到山顶之际就滚下山去，导致前

2005 年，国家文物局博物馆司科技处考察荆州文物保护中心实验室建设情况

功尽弃。但是，西西弗斯从不气馁，继续往山上推，快要到山顶又未到山顶之际，巨石继续滚下山去，他再继续……日复一日永无止境。西西弗斯朝山顶推着石头，他的生命也在其中而耗尽。这看似无用功的行为，的确枯燥单调，可是那向着高处推进的行为，却让西西弗斯体会到生命的快乐。那是怎样的快乐？在日复一日朝着山顶推动巨石中，西西弗斯感到，巨石在他的推动下向高处前进时，散发出一种动感和庞然的美妙。而他推动巨石的行为，实则是他在与巨石进行较量，一个要前进，一个要下落。就是在这样的较量中，两者碰撞出非凡的力量，它犹如舞蹈一样优美，令西西弗斯内心极其享受。这种发现，是西西弗斯对命运的重新诠释，每前进一步，都是他超越既定命运的轨迹，而一次次征服顶峰的博弈本身，也是对枯燥日常的跨越，就在这样的跨越中，心灵因此而充足。最后的结局是，众神见西西弗斯领会了其中的快乐和快乐生发的命运内涵，便允许西西弗斯将巨石推上了山顶。

吴顺清的工作和这个神话有些类似，也为吴顺清的文物保护和修复工作做了诠释。可以说，吴顺清借由日常工作将他自己彻底写实为现实版本的“西西弗斯”。只是结局稍稍不同。虽然一样艰难，吴顺清却将“巨石”推向了

吴顺清（左六）在海昏侯墓发掘现场

山顶，而且并非因为谁的奖赏和激励，毕竟现实世界没有超人的“众神”，他靠的是自己和所在团队的努力，是时间提纯的汗水和心血。

出生于1949年的吴顺清，早已经超过退休年龄，但是吴顺清和他的团队仍旧坚持在文物保护和修复的第一线，仍旧奔走在文物发掘的现场。一年中，绝大多数时间他都在跑现场或者在实验室进行研究。这个把日常生活挂钩文物保护和修复的工作狂人，在他的人生词典中，似乎没有闲居一词。每见吴顺清一面，就会让人不由自主地想起，这个现实版的“西西弗斯”正在岁月的更迭中继续推动他的文物“巨石”，朝着不可知的山顶，一步步向前。

这何尝不是对吴顺清入职时人生抉择的有力答复？而他用自己的双手和双脚履行了自我诺言。

为实现这样的诺言，吴顺清拼尽了全力，这份全力体现在不服输不言败的性格上。刚上班，他的性格便露出了峥嵘。他这个外行绝不允许自己落后于同事们，更不允许自己是文物考古发掘的旁观者。于是，他把所有的时间花费在学习观摩、虚心请教、到现场实践、动手实验研究和保护修复上。这些都非一日之功，而是要经过多年积累。在单位，他目不转睛地盯着有经验的同事的双手如何保护修复文物，一双耳朵也是时时竖起，生怕漏掉长者们的教诲和经验之谈；而双手呢，绝不会闲着，一定是勤勉地跟学。至于双脚——他知道，这才是最重要的，所看所听所闻所学，都不如投身现场去实践，那正是依靠双脚丈量出来的。

于是，只要有机会，吴顺清就会奔赴文物现场。从文物的发掘到出土，再到文物的保护和修复，他从慢慢地跟学，到亲自动手操作，再到亲自指挥示范。

终于有一天，吴顺清深刻地体会到，文物工作说到底就是，人在现场，人亦在战场。

第二章 绰号『土匪』和『段子手』

吴顺清对文物工作的倾心热爱可谓固执，甚至可以说是孤注一掷。他当时虽是博物馆中工龄最短的一个职工，但性格最突出，那份对文物的超热爱，以及因为热爱显示出来的倔强劲，让同事们不久都深刻地体会到了。这种热爱几乎镌刻在骨子里，不免沾染了不留情面的“霸道”和一颗心扑在文物上的“专横”。这种“霸道专横”不仅体现在吴顺清着急干事的大嗓门上，还体现在见不得有人闲的催促上。

吴顺清（左五）在老官山简牍发掘现场

这样的性格最充分的体现还是在一次考古中。那是20世纪70年代，吴顺清参加工作没多久，荆州纪南城遗址展开国家级的“考古大会战”，刚发掘出超大的古墓，里面出土的文物多而珍贵。全国各地来了许多专家、学者，他们面对古墓不免激动，以至于手足无措，场面有些凌乱。年纪轻轻的吴顺清见状，快速走完整个现场，面对乱嚷嚷的局面，觉得有些浪费时间，于是手脚并用，情不自禁地分派人员各司其职。那叱咤风云的指挥派头，再加上焦急的神色和高声大嚷的嗓门，在现场有些喇叭效应，看上去有些可笑，不过却很有效。很快，考古人员便各就各位专心致志于手头工作，场面有了秩序，事情也就有条不紊了，为及时抢救发掘出来的文物赢得了时间。

事后，老一代的文物工作者便送给吴顺清一个绰号——“土匪”。同事们毫无例外地点头附和。

“看看看，‘土匪’又在招呼我们，赶紧。”

同事们彼此间最爱重复的就是这句提醒话。彼此提醒，免得被“土匪”催促，那催促声声赶急，还不讲情面，一回就算了，要是一而再，再而三，那多不好意思。话说，作为吴顺清的同事，又有谁没被他那着急赶工的性子和那份刻在骨子里的热爱而催促过呢？

“真是个土匪。”同事们笑着戏谑吴顺清。久而久之，“土匪”的绰号便传播开来，从荆州博物馆到湖北省博物馆再到全国同行。

至今，吴顺清的微信名昵称依旧是他的绰号“土匪”。这其实包含了自我戏谑的精神，就像一位进入古稀之年的将军，在某个黄昏想起了往事，心绪翻动起伏，不由幽默地对着晚霞喊了声自己的小名或者有趣的绰号。这与其说是自我赞同，不如说是对艰苦卓绝却又不断攻关的岁月的怀念，也是对曾经一起并肩战斗的同行们的致敬。

作为采访人，我在接受采访任务后，马上在网络上搜索了吴顺清的消息，也看见了他的一些照片。那些照片不多，却张张醒目。随即，我加入一个微信小群，里面有吴顺清，还有荆州当地的几位老师，他们的微信名都没用本名。马上，我猜出那个昵称为“土匪”的微信名肯定是吴顺清。

在尝试加上那个微信昵称后，我发现猜中了，心中不由暗笑。怎么说？因为从不多的照片上我见到了吴顺清双眼的特别，那份清醒和犀利，穿过手机屏幕直抵我的眼中，让人为之瞩目，并迅速在脑海里留下印象。可以说，这份清醒和犀利的眼神往往在与他同龄的老人中缺乏，也许他那样的眼神就是奇迹，毕竟已是古稀老人了。进而我猜测，那样清醒犀利的眼神还将继续永葆活力，即使漫长岁月也奈何不了。

现在，吴顺清的团队增加了许多年轻人，他们大多是“80后”“90后”。一方面，这些年轻人继续感受到吴顺清的“土匪”气质；另一方面，却又感受到他的亲和。那些年轻人说：“吴顺清老师一来办公室，我们这里就笑声不断，因为吴老师擅长说段子。一些普通的事情到了吴

荆州文物保护中心的年轻工作者

老师的嘴巴里不知怎么就生动有趣了，一些干巴巴的理论知识和文物考古事迹经由吴顺清老师的嘴巴说出来，也精变一般，变得格外有意思了，这使我们很快就留下了深刻印象。”

采访前的微信对话中，吴顺清谦逊客气，令我马上推翻了对字面“土匪”单纯的认定。但是，在我继续查阅资

吴顺清（右）对出土的丝织品文物进行揭取

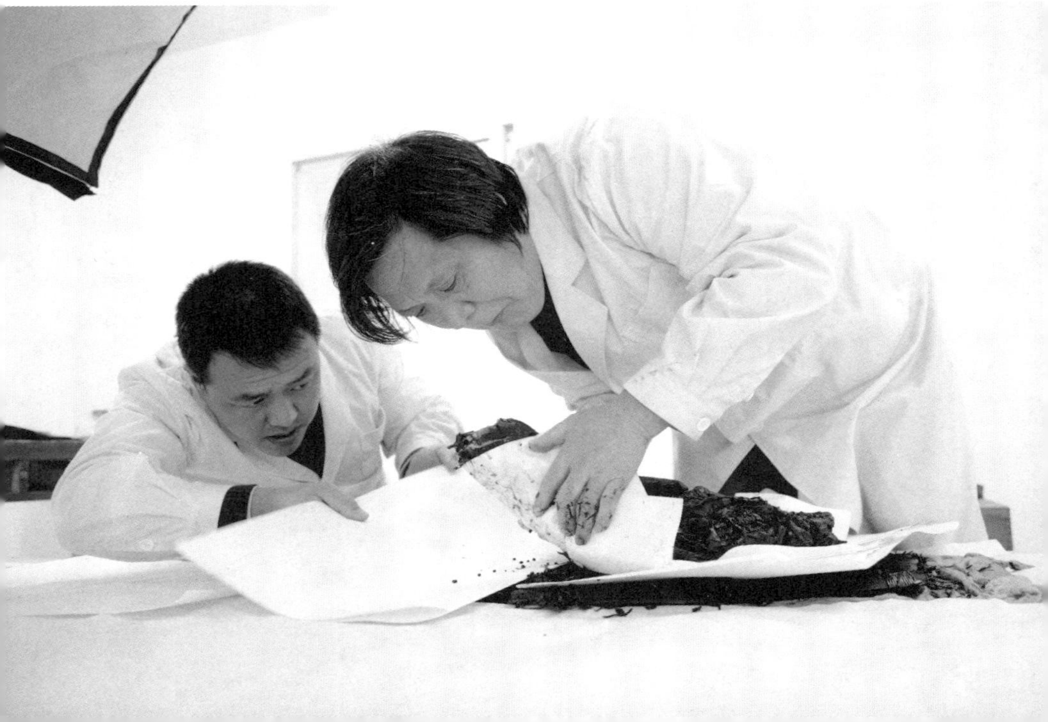

料后，又坚定了自己的认识。没错，吴顺清就是货真价实的“土匪”，却又将“土匪”的内涵超越了字面意思，进行了重新定义。这个文物界的“土匪”名号，是他对文保工作孤注一掷的热爱写照，是舍我其谁、毕生拼搏的凸显，还是他无悔峥嵘岁月的初心昭示，更是他踏上工作岗位，关于人生抉择的一锤定音的无限回响。

于是，吴顺清的另一个绰号诞生了，“段子手”。

面对这个绰号，吴顺清坦然承认，他说：“我们经常在外考古，吃喝住都很简陋，为了方便和节省时间，常常就在古墓旁边搭一个帐篷住宿。夜晚，古墓周围清冷寂寞，我们大伙儿劳累了一天，不免要放松下，就会围坐在一块儿喝酒谈天。为了活跃气氛，我就给大家讲笑话，讲得最多的还是我毕业那年‘误打误撞’到文物保护和修复行业的事情，大家听得乐呵呵的。”

可见，这样的职业选择，在吴顺清的心目中占据很重要的位置。时隔多年，他仍旧在不断回想毕业分配到单位报到的那段日子，也不免假设，要真是专业对口了，他会是怎样的一个人？这样一假设，又马上想到，如果真就无缘他心心念念的文物专业，那岂不是悲哀？固然悲哀，但是若分配到高分子化学行业，他又会从事什么工作？真有现在这样将工作与生活等同——几乎将文物与人化一的心境？心中又会忐忑起来。这样一想，一种幸运感油然而生。他说出这番感慨，也是借此告诫年轻人，人生道路的确不是靠规划的，而是有许多分岔之路，选择哪条路走下去，既有机遇，也有一念之差。但更多的是，无论走哪条路，既然选择了就要风雨兼程地走下去，还要走得坚定无

吴顺清（右二）在海昏侯墓考古现场

畏，前面的道路自然也就宽敞起来。

吴顺清又说：“我无意于说教，没那个本事，也不会讨巧。现在的年轻人都很聪明，脑袋瓜子好使得很，我只负责让他们开心，开心了做事才有干劲，而开心之余悟到什么，那是各人的造化。话说，这些后辈们，我要学习的地方也有很多。”

的确，吴顺清团队的年轻人，跟着他做事，是既“怕”他，又喜欢他。那些后辈们说：“平常在单位，我们埋头做自己的事情，但是吴老师一来，我们就活跃了，笑声此起彼伏。”

这样的团队，工作时严谨细致，休息时谈笑风生，做事保证了效率，也容易做出成绩来。事实正是如此。而这与吴顺清的性格和工作作风密不可分。可以说，工作时，吴顺清恰如“土匪”，而闲暇时，他又是和蔼可亲的幽默“段子手”。

吴顺清及其团队，渐渐成为文物保护和修复的代名词。

第二章 一直奔跑在文保工作第一线

吴顺清年逾七十，却对文保工作初心不改，一直奔跑在文保工作第一线。他自诩为战士，每天都在战场上奔跑，与时间作战搏斗，想抢回被时间一度封存的古代器物，更想向世人展示那些出土文物的真实面目。

吴顺清说：“这是一件很有意思的事情，每当保护并修复好已经出土的文物时，我感觉就像赢回了一场战争。”

正是拥有这样的一颗拼搏心，吴顺清才孜孜不倦地耕耘在文保第一线。要么安静地待在实验室，日复一日地实验和修复；要么就守在文物出土现场，用一双穿透时间尘埃的慧眼扫视出土的文物……

在吴顺清那里，没有春花秋月，没有节假休息日，只有保护和修复，只有实验和研究。岁月汤汤，无情流逝，从青年到中年再到暮年，吴顺清对文保事业痴心地迷恋，锲而不舍地追随，始终如一。他先后承担并组织了科技部、国家文物局发布的科技支撑计划、文化遗产保护关键技术研究等各级研究课题30多项。

这一路走来，全是锲而不舍的汗水。

1973年底参加工作时，吴顺清对考古完全不懂，但在“毫无退路”的念头下，他只有硬起头皮学习，听单位的同事们讲和介绍，自己钻研揣摩。但更重要的是，他觉得，要真正地快速入门，还是要多去文物出土的现场，守在那里一边做事一边积累经验。

就这样怀揣一颗等待之心，时间慢慢流逝。1974年初，荆州市松滋市纸厂河镇的桂花树村发现文化遗址，随后发掘。根据出土文物判断，考古专家认为这个古文化遗址属于大溪文化类型。这一发掘对于研究当时人类居徙有着重要价值，自然也惊动了全国，考古学家们纷纷第一时间抵达现场，荆州博物馆全体职工也来到了第一线。

这是吴顺清参加工作后首次到考古现场，并在他的记忆里占据了重要位置。

吴顺清说：“当时发掘出来的文化堆积层很厚，约有3米，这样厚重的堆层可不是简单的泥土、石渣子，而是积蓄着丰富的文化内容。怎么看这些文化层？我们单位的同事们议论纷纷、众说纷纭，我也没有听明白。彼时，湖北省博物馆的王劲老师也来看现场，她是很有名的历史学家和考古学家，在考古行业被尊称为奠基人和开拓者，我就上前请教：‘王老师，请问怎么看那些文化层？’王劲老师说：‘文化层是地层变化的结果，一层代表一个历史时期的文化堆积，要一层层地看，根据土层的变化来判断文化层的历史，虽然每一个时期有堆积层，但无明显的特征，我们就要仔细地分析研究。’”

“听了王老师的解释，我有些豁然开朗的感觉，也陡然增添了兴趣。事实上，松滋桂花树遗址文化堆积层分为三期，分别属于大溪、屈家岭、石家河三种文化。这次考古，首次明确了这三层文化的叠压关系。”吴顺清进行了补充，强调这次现场经历对他以后的文保工作的影响。

这一次涉足现场的经历，让吴顺清明白了，要想在这个行业学有所得，待在办公室埋首故纸堆和陈旧器物一百

吴顺清（右二）在三星堆考古现场

次，不如到发掘现场一次。要想尽快顺利地入门并练出绝活来，经常性跑第一线去学去看去实践，是这个行业的人的必须之道，也是一门经常性的功课。

吴顺清概括那次考古：“桂花树遗址的现场经历就像炎夏拧开了水龙头，‘哗啦啦’地溅我一身清凉，我尝到舒服的感觉，以后但凡听说哪里有考古发掘的现场，我就会

吴顺清（右三）在海昏侯墓发掘现场

跑去。”他还形容，跑现场的心情既紧张又兴奋，因为这充满了期待和经由自己之手清理修复出土文物的成功感。

1975 年，松滋桂花树文化遗址又进行了试掘，吴顺清再次来到了发掘现场，这次他觉得很震撼。

吴顺清说：“这次试掘，确认了遗址是属于新石器时代的文化遗址，也就是说，这处文化遗址在地底下沉睡了约 6000 年后，终于露出真面容来。遗址分为三部分，即生活区、墓葬区和灰坑。生活区发现大量的红烧土，可以判断，这是原始人在定居放火烧荒后形成的。而生活区发现了大量的稻谷，这表明，约 6000 年前人类就已经种植稻谷了。此外，一些器物（包括殉葬的玉器与兽骨饰品、陶制生活用品和石制生产工具）的出土也可以帮助我们认识，新石器时代的农耕文化达到的程度。”

而让吴顺清加强对出土文物的保护和提高保护手法决心的，是 1975 年荆州纪南城凤凰山山腰的一个古墓的开掘。众所周知，凤凰山 168 号墓出土了一具干尸，距今已有 2000 多年，那具尸体保存完好，全身涂了朱砂，红彤彤的，皮肤还有一定的弹性，男尸细胞核内还存有核酸，肚子里残留瓜子。墓地里的器物多为漆器，也保存得较好。这些发现堪称考古界的奇观，很令人震撼。吴顺清他们早早就赶到了凤凰山古墓现场，参加了168号古墓文物的出土和清理工作。但那次考古发掘有些艰难，因为墓葬是用五花土夯实，且五花土下又是厚厚的被夯实的清灰泥，整个墓葬区牢固紧致，挖掘难度大，颇费时间。但终究还是掘开了，清理中，他们发现了楚国的陶器和墓葬，这一发现让大家备受鼓舞。

但是，发生了遗憾的事情……吴顺清在讲述中，双眉揪在一块儿，不时地叹息，简直痛心疾首。

那些清灰泥中，一把鲜亮葱绿的植物散落其中，马上吸引了所有人的视线，大家聚焦于那把植物，发现是新鲜的竹叶，翠碧清亮，在古墓中散发出特殊的味道，兀然使大家屏住了呼吸。这可是地底下的竹叶，已经存放2000多年了，却依然保持着翠碧本色……就在大家怔怔地望着不能回神时，只见竹叶迅速地委顿，继而翠绿变成黄绿，再而纯黄，又而完全变黑，直至变成枯枝败叶。大家都发出痛惜的叹息声。吴顺清上前一步，捡起那把竹叶。可是竹枝断裂，竹叶已成碎片。他当然明白竹叶腐朽碎裂的缘故，因为古墓是五花土加清灰泥密封，隔绝了氧气和细菌，竹叶犹如存活在真空中，故而保存得较好。但是发掘出来，一下暴露在空气中，直接被氧化掉了，可谓“见

吴顺清（右一）在海昏侯墓发掘现场进行指导

光死”。

此际，吴顺清在万分遗憾和痛惜中，才体会到考古现场的清理工作和文物保护的重要性。那时，他们在凤凰山有4个人，长期住在那里，就在墓地外扎好帐篷，作为暂时安顿的住处。当时，全国许多考古团队也来到了现场，有四川大学、北京大学、南京大学等全国知名大学的历史学家们，还有十几个省的考古团队。

说到现场保护，吴顺清说：“文物出土的现场保护很

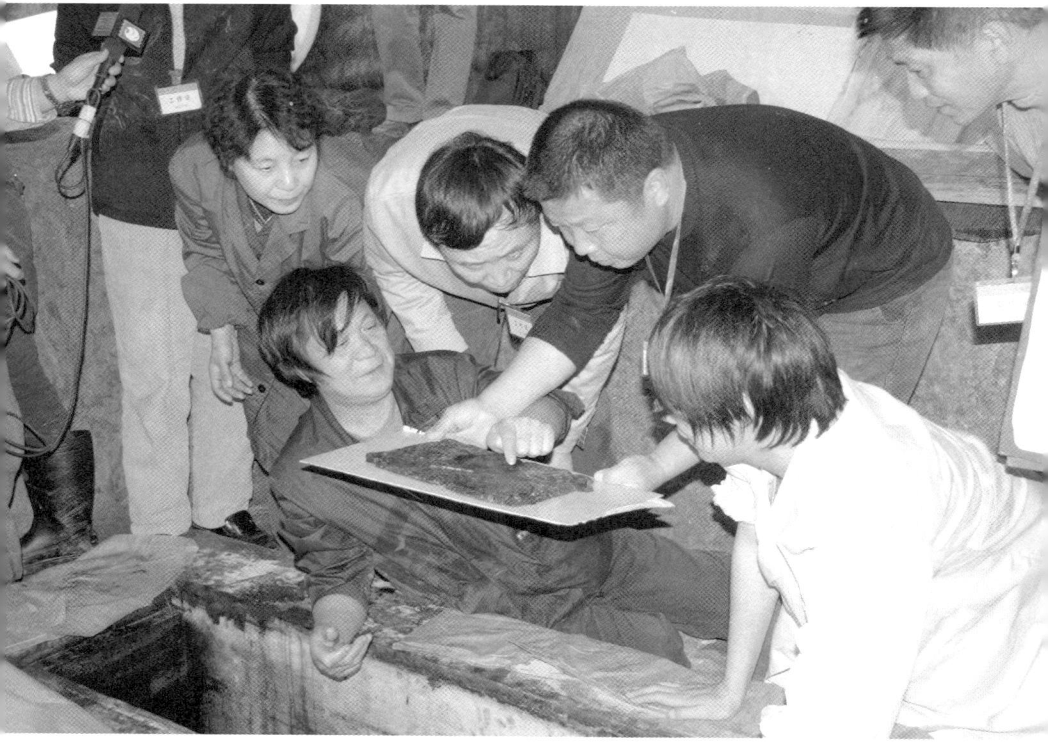

吴顺清（右四）在考古现场

重要。我一直打这样的比方，文保工作者就像战地医生一样，不到一线，那些文物‘伤病员’就无法得到及时抢救，而战地医生守在一线，才能尽快救活伤病员的性命。我们文保工作者在清理的同时也在着手保护好文物，对出土的文物进行修复，主要是针对脱色、饱水、糟朽、干缩变形等病害以及考古整理等，最大限度地恢复并保存文物的原貌，也就是抢救。如果那些出土的文物遭到破坏，就是我们文保工作者的终身遗憾。”

“所以，一旦听说哪里有历史遗址和古墓发掘，我们肯定会第一时间赶去现场。”吴顺清再次强调道。

第四章 脱水技术研究成功

当初，单位送去参展的木漆耳环因为没有经过脱水处理而被退回来，荆州博物馆下决心建立实验室，对出土的文物进行脱水处理。那么，怎么脱水呢？这个问题的解决被提上日程。虽然单位组建了研究团队，吴顺清因为个人条件好，被招募为领头人，但是硬件条件差，设备几乎没有，资金也太有限，相对应的人员更是极为欠缺。

而20世纪七八十年代，随着考古学的发展，我国出土了数量大、类别多的古漆器文物，它们深埋在地底下已有上千年。作为“生命”，它们要在漫长的时间中存活下来，也就适应了高含水量的地下环境。一旦它们被发掘出土，暴露在外面，就会氧化，并会带来很严重的损坏。那么，如何减少并杜绝破损？吴顺清决心寻找新材料抢救。

168 号古墓出土的漆器文物，虽然在地底保存较好，但是有了古墓地竹叶“见光死”的教训，吴顺清在清理中变得格外小心。文保行业都知道一句行话：“干千年，湿万年，不干不湿只半年。”古墓埋藏在地底深处，由于南方湿度大，土质含水率高，清理出的文物在清洗后必须进行脱水处理。不脱水，文物无法保存，更是无法展出。但当时脱水技术有限，吴顺清担心文物被破坏，便先将出土文物打包，依照墓地环境封存起来，再来进行脱水处理。

起初，吴顺清结合前辈的脱水处理办法，想了许多点子，但是单位材料奇缺，也没有专门脱水的设备和条件，经费也异常欠缺，他便跑回母校武汉大学求助老师们，运回一些化学设备做实验。面对凤凰山古墓出土的文物，吴顺清开始在武大导师的指导下进行脱水。而彼时的 1975 年，对出土文物大致使用的是自然干燥法，可弊端多，效果也一般。于是，吴顺清到湖北省博物馆拜陈中行老师为师，请教学习乙醇乙醚脱水法，虽然有效果，成功率也高，但是也存在弊端。于是，吴顺清另求他法，尝试了真空干燥加热法，即通过接触加热、柔性真空干燥、对流加热和辐射加热等方法实验，很快就产生了效果。

源于小试牛刀的成功感，吴顺清备受鼓舞，对漆器脱水处理的兴趣就变得浓厚起来，并开始了专门的研究实验。

但是，真空干燥加热这个方法适用于含水率低的出土文物，对于含水率高的出土文物效果就差，而且对材质的要求也高。彼时，受条件限制，对木质检测的设备落后，过程很麻烦，器物取样和检测分析也很难。而且，真空干燥加热法的优缺点都很明显，即大多会影响文物的性能，这似乎违背了“保持文物原样”的修复原则。

20 世纪 70 年代末，吴顺清等人在湖北省博物馆的文物专家陈中行老师的指导下，对乙二醛脱水技术进一步研究。当时的乙二醛脱水技术在干燥环境中，脱水效果还可以，如果环境潮湿就会溢水，带出了药水解聚分子，这样会影响材质的硬化纤维支撑能力，而且不能继续受潮。如何加强材质分子的聚合能力？这是个难题，也是必须着手解决的。吴顺清又跑到武汉大学请教刘高老师，刘高老师是当时武汉大学校长刘道义的夫人，是高分子化学专业的教授，她对聚合方法提出了诸多可行性建议。开始的方法是加热干燥硬化剂，可不能边渗透边聚合，也就无法保持器物的完整性，对长期保护也不利。吴顺清他们就运用不同的硬化剂进行实验，发现碱性硬化剂合适。但是问题又来了，虽然解决了整体聚合，但是器物强度不够，存在变形现象。怎么办？吴顺清他们再次请教刘高老师，得到专业指导后，他们利用橡胶纤维，形成网络状的线路来起到

吴顺清（右二）到山东考察指导木漆器保护修复工作

支撑作用。这样的想法容易，要变成现实，却要经过数不清的实验，前后近 20 年才见到效果。

无疑，这是团队的力量，也是多位老师，主要还是陈中行老师和刘高老师指导的结果。功夫不负有心人，终于，吴顺清在 20 世纪 90 年代初对复合乙二醛脱水技术的研究达到了预想的效果，出土的木漆器文物经过这个技术

吴顺清（中）到山东考察指导木漆器保护修复工作

处理后，木漆器含水率小，收缩率也小，基本不变形。可见，复合乙二醛脱水技术对出土的木漆器达到了保护要求。而且，这个脱水技术对于饱水木漆器脱水具有普遍性，可以重复使用，节省了材料和经费。另外，操作也很简单。所以，复合乙二醛脱水技术在中国饱水木漆器保护修复方面得到广泛应用。

这只是吴顺清文保工作中的一个环节——关于对出土木漆器文物的脱水技术的研究过程。后面，吴顺清在对海昏侯墓出土文物的清理保护时，详细讲述了文物保护和修复工作的步骤。

让吴顺清颇为骄傲的是，他花费 3 年时间修复了辛追夫人的脚盆。

2007 年，长沙马王堆出土的辛追夫人的脚盆送到荆州文物保护中心来修复。那个脚盆直径 72.5 厘米，号称“天下第一盆”，但是它的漆皮已经开始脱落，木胎也出现开裂现象。吴顺清带领团队，运用复合乙二醛脱水技术进行脱水定型……整整花费了 3 年时间，于 2010 年才修复完毕，终于让“天下第一盆”重现异彩。

此后，经国家文物局批准，马王堆汉墓出土的近 500 件木漆器分批送到荆州文物保护中心修复。这些木漆器文物经过脱水、修复、封护等技术处理后，收缩率只有1%。

媒体采访中，吴顺清如此表达：“我就是有一颗好奇心，你说做不到，我就是要做到。”

这句话还有如此意思：因为热爱，所以才愿意攻关，而保护和修复出土的竹木漆器的攻关，说到底，还是一项与时间赛跑的过程。

时间就在跑现场和蹲实验室中静悄悄地流逝。而实验室——就是100多平方米的简陋工作室，在那里，他和团队进行了成千上万次的实验，时间竟有10年之久。这10年间，除了在外考察，但凡在单位，吴顺清吃住都在实验室，除了实验还是实验，终于摸索出一套较为成熟的木漆器文物脱水保护法，令蜷缩易碎的木漆器经由药水的唤醒，最长12个小时就可以“醒”来。通过长期的实践应用，吴顺清改进的复合乙二醛脱水技术，成为国内出土竹木漆器类文物脱水的成熟技术，得到业内公认。以前的长沙马王堆西汉墓、北京老山汉墓、北京金陵王墓等出土的木漆器文物和现在的海昏侯墓、武王墩墓等出土的木漆器类文物近7000件，均通过复合乙二醛脱水技术进行处理，使这些珍贵的文物得到了保护和修复。

吴顺清（中）在观看三星堆发掘现场提取的文物

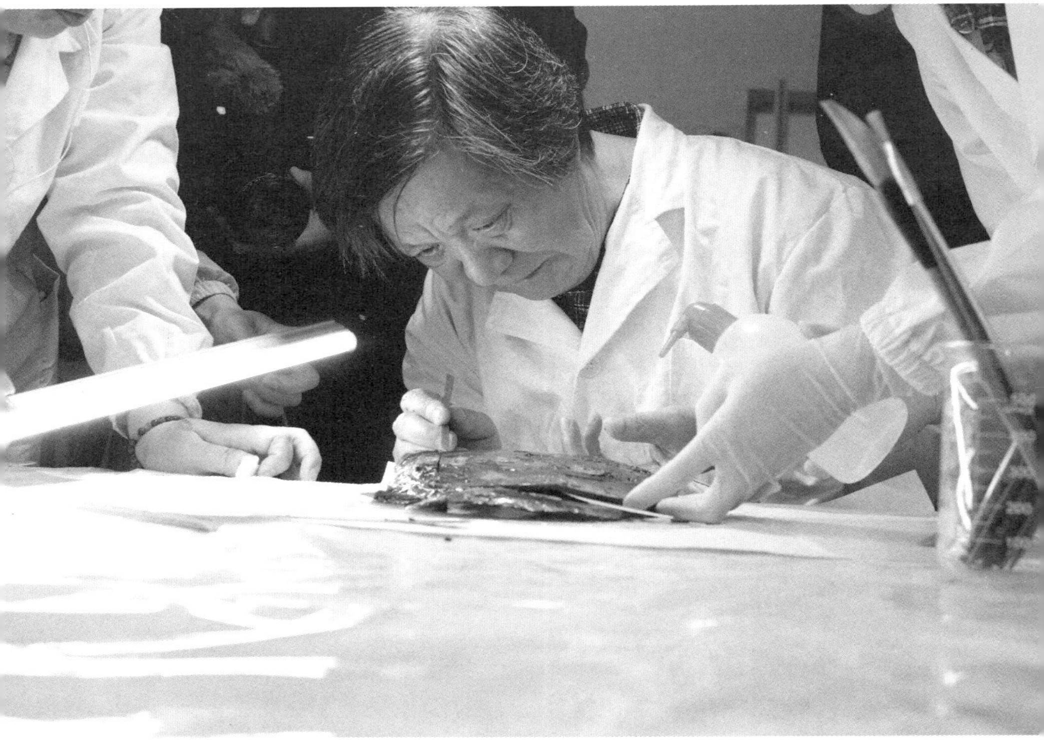

吴顺清（中）在清理海昏侯墓出土的文物

50 多年来，吴顺清坚守在实验室和文物第一线，攻克了无数个难题。由他首创的古丝绸微生物保护技术领跑世界，让糟朽的丝织品再现华丽，赓续了中华文化，延长了文物的存活时间。这一项项创造研究，实际上是他无数个寂寞日子里付出的心血的结晶。

面对诸多赞誉，吴顺清自嘲他们的文保工作："我们这些文物专家每天面对的就是文物，正在出土的文物和已经出土的文物，它们存在诸多问题，也面临'生与死'两难的境地。如何保护好并修复好它们，就是我们的职责。我经常说，我们这些文保工作者就是战地的医生、护士，职责就是对出土的文物进行抢救和保护，做得好是本分，做不好就是失职。"

吴顺清还说："做好与做不好只有一字之差，却是生与死的区别，我们唯有细致耐心地对待，不断地提高文物保护和修复技术。"

荆州文物保护中心做了一个统计，他们这些年来，在文保工作中不断利用科技手段，努力探索创新，提升了我国出土竹木漆器文物的保护和修复的整体水平，安全有效地保护了中华民族的文化遗产，取得了巨大的社会效益。目前，荆州文物保护中心为国内 27 个省、市的 130 多家文

吴顺清（左）在清洗海昏侯墓出土的文物

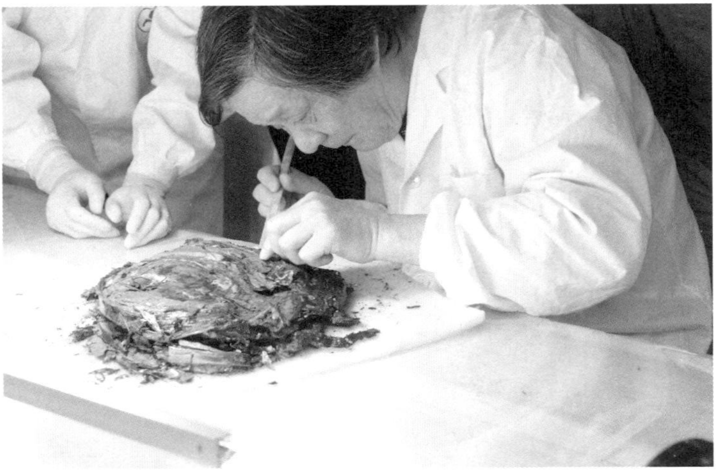

吴顺清在修复海昏侯墓出土的文物

博单位提供了文物保护技术支撑。吴顺清带领他的团队，先后组织或参与了江陵马山战国墓、山东定陶汉墓、南昌海昏侯汉墓、三星堆遗址、淮南武王墩楚墓、武隆关口西汉墓等重大考古发掘现场的文物保护工作；组织实施了长沙马王堆汉墓、北京老山汉墓、河南长台关楚墓等竹木漆器类文物的保护修复项目，实施修复的木漆器约占全国已修复总量的70%。

吴顺清作为我国有机质文物考古现场及其文物本体保护研究领域的学术带头人，为中国的文化遗产保护科学作出了卓越的贡献。

第五章 楚绣之战

渐渐地，吴顺清在出土文物保护和修复行业已是名声在外。而吴顺清的名声再一次远扬，是在他参加工作 9 年后，与湖北江陵县马山一号楚墓的发掘有关，更细致地说，是与马山一号楚墓出土的丝织绣品的保护和修复有关。

马山一号楚墓位于荆州江陵县马山砖瓦厂（现在属于荆州市荆州区），距离楚郢都纪南城只有 8 公里，这也说明该古墓定然属于楚墓了。马山一号楚墓出土的丝织品种类多，有绢、锦、罗、纱、绨、绦、绮等，它们织造精良、色彩斑斓。而织锦是古代丝织品中最精致华美的珍品之一，其制作复杂，耗时费力，据说成熟的织工一天也仅能织出几厘米的锦，故古人有“寸锦寸金”的说法。而刺绣又代表了楚国纺织的最高水平，绣线繁复，颜色众多，这些都为研究楚绣提供了珍贵的资料。马山一号楚墓的墓主是一位楚国贵族女性，尸体套有一件素纱绵袍，绵袍下是层叠的衣衾包裹，共有 13 层。其中，第 7 层是一件凤鸟花卉纹绣浅黄绢面绵袍。

这件凤鸟花卉纹绣浅黄绢面绵袍在地底下躺了 2000 多年，其精美的工艺和绚烂的色彩仍可窥见一斑。它属于国家一级文物，现为荆州博物馆收藏。这件绵袍是宽袖，分为上衣和下裳，却在腰部缝合。面料刺绣图案是凤鸟花卉纹，凤鸟正面展翅飞翔，头顶双重花冠，而两翅上部又设计为对向凤头形状，其中一侧的凤头衍生向上曲折的花枝，花枝悬垂三穗花串，形成纹样间彼此嵌合勾连的纽带。如此设计和着色，充分体现了楚人超群的智慧和敬畏自然的审美水平。

龙凤虎纹绣罗单衣也是马山一号楚墓出土的文物，时间仍是战国时期，距今 2000 多年。荆州博物馆陈列的这件文物式样时尚、颜色华丽，在众多文物中很是抢眼。博物馆如此介绍：衣面龙凤虎纹绣，纹样长29.5厘米，宽21厘米。灰白色罗绣地，绣线有红棕、棕、黄绿、土黄、橘红、黑、灰色。纹样中的一侧是一只头顶华丽花冠的凤鸟，做跳跃状，双翅展开，脚踏小龙。小龙无角。头作三角形。另一侧是一只布满红黑长纹的斑斓猛虎，张牙舞爪地朝前方奔逐大龙。大龙反身成S形，作抵御状。领和袖

马山一号楚墓丝织品文物提取和保护现场

缘用B型大菱形文锦，大菱形内填以中、小菱形纹、杯形纹、“工”字形纹、曲折纹、回形等纹样。外锦缘下摆用C型大菱形文锦，大菱形内填以深红、土黄色小三角形，或对角，或对底，以及杯形纹、“工”字形纹、曲折纹等纹样。

如此繁芜绚丽的楚绣单衣，即便是衣袖，要恢复到原状，也不是简单的手工活，而是一项饱含科技水平的研究项目。

而类似珍贵的丝织品文物，该古墓又何其多，它们在墓地里躺了2000多年，随着古墓的开掘，它们能保持原有模样吗？面对那些遭受损坏的丝织品，文保工作者又有多少恢复的能力？

因为，丝织物的修复在所有文物保护中难度最大。那些蛋白质纤维织物在地下躺了2000多年的时间，在真菌和细菌眼中就是美味佳肴，即便幸存下来，也是饱含水量，早与湿润的封闭的泥土相适应，达到了平衡。而出土后，它们猛然暴露在空气中，受到温度、湿度、光线、氧气等的影响，通常几分钟内便会发生巨大的变化。即便幸存下来，也会因为长期被地下水浸泡，稍稍触碰便会“灰飞烟灭”。所以，文物专家在找到合适的修复方法之前，通常不敢轻举妄动。有例为证，1972 年长沙马王堆汉墓出土的西汉丝绸，就因此被迫冷藏保存了 20 多年。

而马山一号楚墓出土的丝织品如此之多且珍贵，那如何将出土的丝织品揭取并保存下来？这一直是世界性的难题。基于丝织品不易保存的材质结构，面对如此绚烂的丝织品文物，考古专家们一时也没有较好的办法。

当时，能将出土的丝织品文物有效地保存下来，几乎是梦想。但即便是梦想，也要变成现实，否则，出土文物将毫无意义。

如何保存？当时的情况比较棘手。荆州文保专家汇报后，国家文物局领导指出，荆州这次重大考古发现是世界上少有的，出土的这批丝绸要不遗余力地保护好。至于怎么保护，国家文物局有两种意见：一种是，荆州当地环境湿度大，出土的丝织品文物容易受潮长霉，应先送到北京处理再保存，等待文物稳定后再送回荆州进行修复处理。另一种是，这批丝织品刚出土见到天日，环境湿润固然不利于文物的保护，但过干也是损坏。两相权衡，南方的湿度虽然大，但是可以采取得力措施来避免，从而防止丝织品文物长霉病变；再则，长途运输，环境不定，刚出土的文物极有可能损坏。经过对比权衡，国家文物局决定，丝

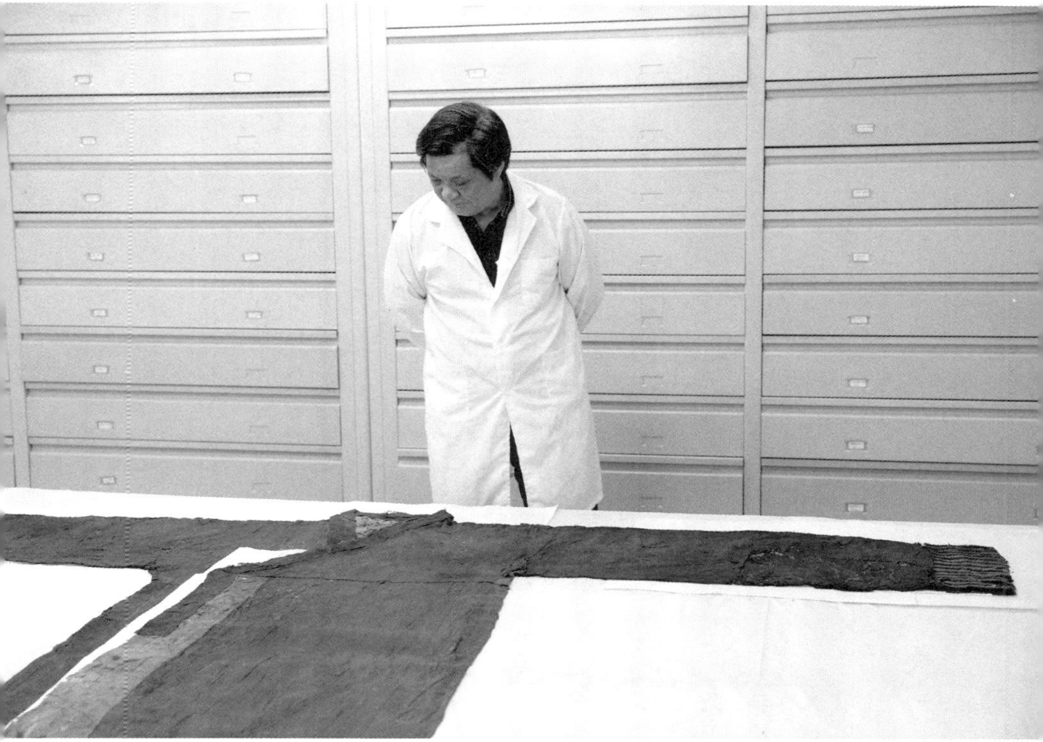

吴顺清对马山一号楚墓出土丝织品文物进行保护

绸文物先存放在荆州，从北京派专家和技术人员去当地作指导，以后再根据情况决定搬不搬。

就这样，马山一号楚墓出土的战国丝绸文物保护的重任，就落到吴顺清肩上，他当时就任荆州博物馆保管部的副主任。

在吴顺清的人生生涯中，遇到过许多老师，他们为人谦逊、对待工作满腔热忱，又孜孜不倦地追求新高度。在

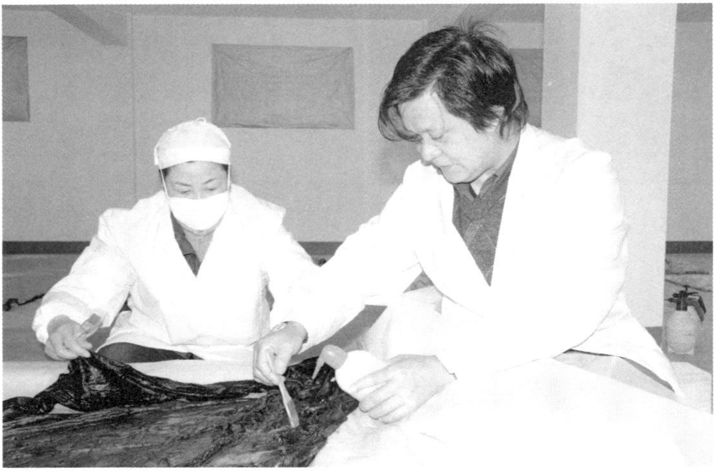

吴顺清（右）正在进行纺织品保护工作

他们言传身教的影响下，吴顺清也进步得很快。这些老师中，有个叫王㐨的，对于出土丝织品文物的清理有独到的经验。吴顺清从王㐨老师身上学到了许多东西，也在他的指导下开始了丝织物的清理工作。

吴顺清介绍道："那批出土的丝织品，靠近骨架的部分沾上的污物很多，我们只能用软毛笔蘸着清洁剂，一点点轻轻地刷，力道还要用好，我们用了一个月时间才完成这批文物的清理工作。正是方法得当，那批出土的丝织品才没有长霉，为后来运用生物技术重新处理提供了有利的条件。"

全部丝织品清洗完后，接着是对出土的大衣物与绣花被进行整形。这对于吴顺清及其团队而言，更是一项全新的工作。而王㐨老师主持过马王堆汉墓丝织物的清理和整理工作，积累了许多经验，在他的指导下，吴顺清及其团队首要的任务是恢复衣物文物的正常状态，即面朝外里朝内。当时马山一号楚墓出土的战国丝绸文物虽然保存得还不错，但是材质已经很脆弱了，经不起折叠。要对衣物复位，就要收集相关资料，对丝织物进行技术分析、鉴定和绘图。吴顺清及其团队先买来实物，与出土丝织品进行对比分析，掌握材质及其变化情况。1982 年，在吴顺清的争取下，装有空调机的专用库房改建成功，马山一号楚墓出土的丝织品经过吴顺清及其团队的清理、漂洗和杀菌后，全部迁入库房。

而这一冷藏，就是 20 多年。

保存是保存了，但是保存在库房内，不能展出，也就丧失了文物的社会意义。怎么保存并展出，又是棘手但不得不面对的问题。

吴顺清记得，时任国家文物局科技专家组组长的王丹华对丝织品文物的保存有如下观点：丝织品的损坏过程很复杂，不是单一因素造成的，而是多种因素相互影响的结果，如果只有光，没有氧和高温高湿的条件，其损坏程度会慢些。既有光又有氧，以及不适宜的温湿度，藏品就会受到极大的损坏。根据这一提示，吴顺清及其团队反复实验，设计制作了专门保存、展出古丝绸的不锈钢陈列柜。它们仿照高压氧舱的形式，里面充满了纯氮，同时控制好温度和湿度，外面加上了防紫外线的玻璃进行防护，这在全国属于首创。这一套科学有效的保护方法，2000 年通过了专家鉴定。《马山一号战国楚墓丝织品的保护研究》获得了 2001 年湖北省政府颁发的科技进步奖二等奖。

但是问题仍然明显。作为文物，只能隔着玻璃远瞧，却不能近距离地观赏，研究就成了一纸空谈。还有，那些已经大面积腐朽的丝绸残片，又该怎么修复？换言之，损坏的丝织品无法得到修复，这对出土的丝织品文物来说，终究谈不上复原。当时，国内外在出土的文物保护方面基本上采用物理和化学手段来处理，但这种方法对出土的文物，尤其是对出土的丝织品文物来说，损坏几乎不可避免，甚至会毁灭文物。

这一难题，早就摆在人们面前，吴顺清也早就在着手准备，期待有机会攻关成功，而此际，他的决心更强更大了。从着手准备到攻关实验，再到实验取得成绩，其中有20年的时间。

第六章 让微生物细菌保护文物

这么多年来，吴顺清一直在苦苦思索，直到2000年，他一度僵滞的思维突然产生了灵感，用他自己的话说是产生了“逆向思维”。能不能让细菌用于文物的保护和修复呢？

这一灵感来自吴顺清夫人一句话的启迪。那时，他的夫人在电脑上查看证券信息，发现一个奇怪的现象——证券板块中，全线飘红的都是生物科技股，她就大发感叹：“现在是生物科技时代，所谓的研究创造估计也离不开生物科技，老吴，你手头的文物保护工作不妨也试下。”夫人的感叹让吴顺清脑海里的灵感乍现，“微生物”代表活跃和新陈代谢，固然里面的细菌会对丝织品造成损坏，可是，我们能不能培养一些专门啃吃丝织品里有害物质的细菌呢？化敌为友，这个战术历来是战争取得胜利的法宝。文物战场上，所有的“法宝”都应该实验下，何况，这个“法宝”想来挺有意思的。接着，他又查阅了一些资料，并虚心请教生命科学院的老师。他了解到，“生物—文物”保护体系的构建，可以促进文保工作者站在“生物—文物”营养链的新科技平台上，研究创造新的文保技术。在生物生态学中有“食物网”“营养链”这样的概念，“食物网”就是食物循环，一个生物群落中许多食物链彼此相互交错连接，某些文物也置于这个“食物网”中，成为多种微生物、昆虫或其他动物的“食物”。当文物成为营养链中最低级营养消费环节时，便构成了文物→初级生物→次级生物→高级生物的消费层。文物链中的每个环节是选用技术措施的根据，并同时出现了多条保护思路。一是杀死以文物为生的初级生物消费者。二是用高级生物控制次级生物的数量，以保护文物。三是在文物保存环境中增加抗初级生物侵害的自然因子、药物因子或环境因子。按照第一条思路选用技术，结果往往是不彻底的或者效果是暂时的，因为用药物毁灭一个生物种群是不可能的。第二条的思路则是有些文物能用，有些文物不能用。事实上，生物学家是三条思路综合运用。无疑，这是一个极其漫长的探索和实践的过程。但是，所有的成功都建立在这些探索实验上，而探索实验又是“想法”这块根茎的枝条。

“想法”清晰了，吴顺清马上展开行动。吴顺清牵头，联合有关科研单位和专家组建了一个课题攻关小组，着手研究微生物菌群，即一种以微生物发酵提取液为基础的丝织品文物污染物的清洗方法，和以细菌纤维素为基础的糟朽丝织品加固材料。

这一研究就是 3 年。3 年中，除开跑文物出土的现场外，吴顺清几乎就待在实验室中。吴顺清介绍，微生物细菌实验在进行中是不能间断的，而当时他的实验室在荆州博物馆，那里有严格的上下班制度，下班后，博物馆因库存许多文物宝贝，馆内严禁留人。怎么办？他便在家里自建了一个实验室，不间断地实验，时间最长的一回，居然连续实验了 70 多个小时。

实验，实验，再实验……无数个不眠之夜过去，吴

吴顺清在特制的药水中清洗文物

顺清培育出了数不清的菌群。他的执着和虔诚终于结出了硕果，他研制的生物酶技术应用在丝绸文物保护上取得了突破性进展。这些生物酶可以消解出土的古丝绸文物上糟朽的霉变，还可以减少对丝织文物的损坏。2003 年 10 月，实验初步成功，得到了国家文物局领导和文物专家的肯定。

但是，新的问题又产生了。吴顺清注意到，有一类微生物细菌嗜好文物中的矿化物质，不断地吞噬。吴顺清又着手进行分析研究，理出一个将计就计的思路，利用微生物细菌将丝绸类的文物表面的矿化物质进行吞噬，以达到消除霉变的目的，再利用微生物细菌新陈代谢的功能，将文物表面的矿化物质化废为宝，转化为一种类似蚕丝的物质——这就像一道天然的涂抹手艺，给出土的丝绸文物涂抹上一层保护膜一样，有效地填补或者修复了丝绸破损的部分。按照这个思路，吴顺清进行了实验。不久，实验成功。

针对这个微生物细菌研究法，吴顺清作出了以下总结，他说：“这么多年的实验，我们已经筛选出适用于丝织品保护的生物菌种，种类达到了 40 株，形成了对出土丝织品文物进行文保的特殊技艺。这一项技艺涉及清洗、加固等方面，而且经过该项技术处理后，出土的丝织品文物的颜色也焕然一新。重要的是，经过这种技术处理后，丝绸文物的韧度加强，甚至可以折叠、卷曲，恢复了部分丝绸的性能。”

吴顺清详细地介绍了他的“微生物细菌修复法”。

首先是研制出特殊的丝织品“清洗液”，它由生物表面活性剂、生物催化剂、乳酸杆菌和嗜热链球菌的发酵产物组成。“清洗液”中的细菌活跃，胃口超好，可以“吃掉”侵蚀丝织品的微生物和矿化物质，这可是一组迅疾的转化过程——将霉菌、血迹等有机污染物和结晶盐等无机污染物进行清除、转换、脱矿化等处理，且不会破坏丝织品，从而达到“清洗”之目的。之后，吴顺清等文保专家们利用扫描电子显微镜、热分析、红外光谱分析、X-射线衍射等仪器，系统分析导致丝织品文物糟朽老化的降解原因。根据检测分析的结果，他们针对丝织品文物保护中的清洗、加固等不同步骤，又筛选出不同的菌种来“对症下药”。

经过反复实验研究，吴顺清及其团队独创的“微生物细菌修复法”诞生了——他采用木醋杆菌纤维素加固丝织品文物，因为这种细菌纤维素具有良好的力学性能，加固后，可以保证丝织品文物具有良好的机械强度和柔软度。难得的是，这种细菌纤维素无色透明，基本不影响丝织品原有的图案与颜色。

荆州马山一号楚墓中出土的凤鸟花卉纹绣浅黄绢面绵袍，经过微生物细菌的“清洗”和“加固”后，终于实现了丝织品文物的静谧修复。修复的文物不失完美，沉睡2000余年的丝织品重现生机，它们仿佛被一股魔力承载，穿越时间隧道从古代走来。其绚烂的色彩花纹、精湛的织造工艺和蚕丝生产及加工技术的成熟，让我们这些现代人不禁眼前一亮，继而啧啧赞叹。

岂止这一件文物绵袍？还有其他丝织品文物，如当时一碰就碎的丝织品文物，经过吴顺清及其团队的生物技术处理后，神奇地发生了质变，它甚至可以卷曲和折叠，机械强度大大增加，而且色彩也还原出彼时的绚烂鲜亮，连丝织品表面的花纹针法都能清晰地呈现出来。

“被文服纤，丽而不奇些”。这是屈原在《招魂》中对楚国贵族女子服饰之华丽的描述。

楚国的刺绣绚丽多彩，代表了楚国纺织的最高水平，而楚绣针法疏密有致、线条流畅，图案充满了神话色彩，鲜明地反映出楚文化浪漫主义的特色。

我们得以窥见，古楚的织锦、刺绣的修复还原和保护，既繁缛复杂，又精致细微，涉及方方面面，稍有不慎便是毁灭。但是，对于文保工作者而言，越是困难大，就越是动力强，吴顺清及其团队终于拿出应对之策。据他介绍，经由这项微生物处理办法修复的丝织品有毛泽东主席的丝织品遗物、江陵马山一号楚墓出土的1000多件丝织品，它们得以成功修复并得到保护。

2004年，吴顺清及其团队遵循“不改变文物原状”的原则，接受了对出土的龙凤虎纹绣罗单衣衣袖的保护修复任务。他采用这个全新的“微生物细菌修复法”，对这件楚绣罗单衣进行了清洗加固处理。处理后，丝织物色彩富丽明艳，质地柔软，还有一定的韧度，可以任意地折叠、卷曲，有效地恢复了它作为丝织文物的部分物理机械性能。无论从哪个角度看去，那件楚绣罗单衣的两个衣袖都绚丽耀眼，仿佛刚刚问世。其灿烂的色彩花纹和精湛的工艺材质，象征着墓主人高贵的身份，也显示出当时楚绣工艺的高水准。

驻足这件单衣前，令人不由想象2000多年前战国时代的生活，为我们的祖先拥有的智慧而感叹。而这些出土丝织品的修复，也为后人对战国时期的历史文化和经济生活

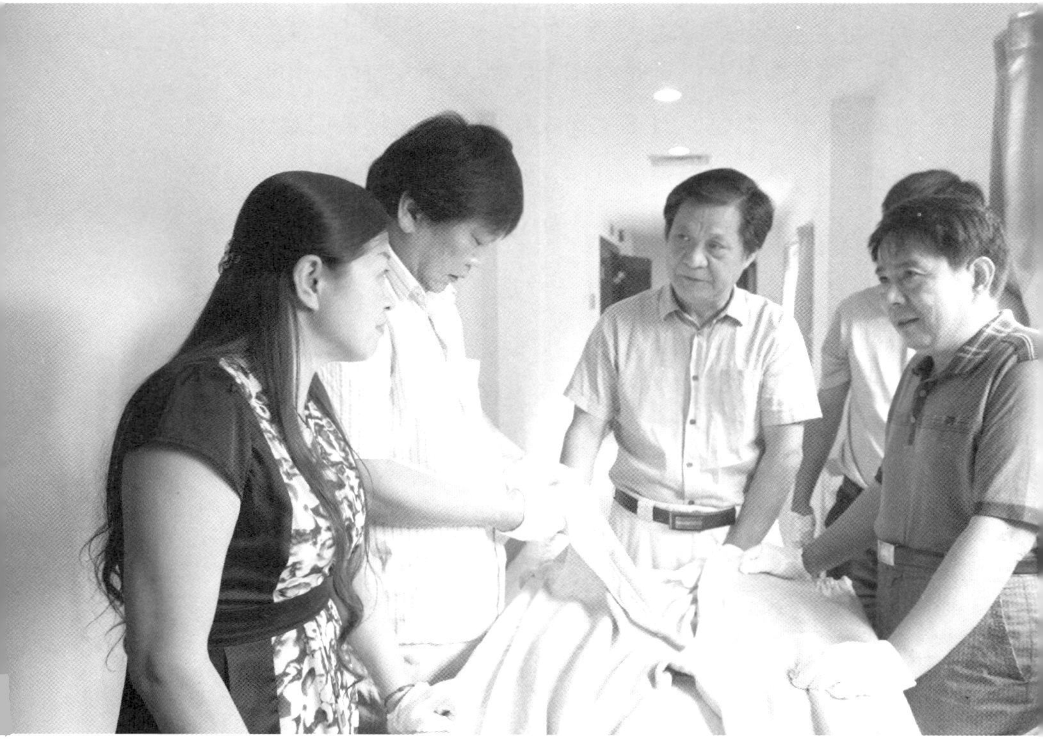

吴顺清（中）在韶山毛泽东纪念馆对丝织品文物进行保护

的研究提供了有力的依据。

正是对这件出土的龙凤虎纹绣罗单衣的两只衣袖的保护和修复，更让吴顺清声名远扬。

马山一号楚墓出土的，除了墓主穿的衣服，还有一件蚕丝被，命名为“蟠龙飞凤纹绣浅黄绢面衾”，它呈正方形，在头颈部存在一个凹形口，这是贴合主人的脖子而设计的。蚕丝被保存得相当好，颜色绚丽鲜亮，图案灵动。吴顺清说：“这样的蚕丝被呈现出来的精湛技艺，我们今人用高科技恐怕都难以复制出来，它令我们惊讶，也为我们祖先的过人智慧而骄傲。”这个蚕丝被的面世，有利于后世考古学研究古代贵族生活，因此，这个蚕丝被被历史学家誉为“天下第一被”。

有趣的是，马山一号楚墓中的棺材打开后，考古学家发现了丝织的开裆绵袴，它由袴腰和袴脚两部分组成。吴顺清介绍了这件开裆绵袴的组成解构，还说到了这件文物丝织裤子的特殊，它实质是身份的标志。

“马山一号楚墓不寻常啊。”吴顺清感叹道，“这实际是一座大型文物宝藏库，尤其是一批战国丝绸的横空出世，让楚国丝绸的绝世风采穿越了 2000 多年的历史烟尘，真实而灵动地展现在我们眼前，让我们看花了眼，也带给我们沉思，如何保护好这座文物大宝库是我们面临的问题。毕竟，这座宝库埋藏的文物凝聚了古人的智慧和高超的生活技艺，也呈现了古人高雅的审美趣味，是历史文化的结晶，也是我们后人探寻历史文脉的一座灯塔。”

这是楚墓出土的并被保护和修复后的古丝绸的贡献，既是古丝绸的荣光，也是吴顺清及其他文保工作者的荣光。

而对于吴顺清而言，马山一号楚墓出土的大量丝织品，有些已经过他所带的团队修复加以保护，但还有更多的丝织品文物在等待被修复保护，他充满了期待。吴顺清说，未来，将要大力推进文保技术和现代生物技术的对接，例如，生物芯片技术和文保技术的对接，就是要把危害文物的那些生物制成标本芯片或基因组、蛋白质组芯片，然后用电子技术机筛出杀死这些生物的生化反应制剂，或破坏那些生物基因蛋白质的酶类药物。使用生物芯片技术保护文物，可以达到准确、快速，省去许多实验程序以及节省大量时间的目的。再如，生物信息技术和文保技术的对接，对那些危害重要文物、难以保护文物的生物进行生物信息研究，建立基因、蛋白质结构信息数据库、镜像数据库，有针对性地设计出防治病害、虫害的广谱生

吴顺清在海昏侯墓清理文物

物药物。又如，用现代生物克隆技术和我国已灭绝的种质资源对接。当然这都是吴顺清的一种畅想，他说，这些“想法”变成现实不是不可能，但成功运用，估计要靠文保队伍的年轻人了。

第七章 一双穿透力极强的『千年眼』

文物保护和修复工作的背后是多个学科领域知识的综合运用，也是工匠精神的大比拼。这就需要文保工作者博学多才，是个对各个学科领域都有涉足并钻研的杂家通才。

这一点，吴顺清感受尤其深刻。

吴顺清清楚地记得在江西海昏侯墓地文物出土和修复时的点滴经历。2015 年 11 月，海昏侯墓主椁室的考古发掘正式启动，吴顺清带领由 12 名专家组成的团队前往现场，开始对墓葬中出土的相关文物进行清理和修复。这一去，他的双脚就在那里生了根，开始几年，他大半时间都待在那里。现在，他每年仍会去 3 到 5 次。他去的次数数不清，但每次都会有新的发现，每次感受都不同。

作为海昏侯墓专家组木漆器的保护专家，吴顺清说，在海昏侯墓内，出土的木漆器和竹简数量多达几千件，既令人震惊，又让人兴奋，同时，也对文保工作者提出难题，因为修复的难度很大。他解释，这些木漆器以前处于干燥状态，而东晋时期主墓遭遇了一次级别较高的地震，导致整个墓地都泡在水中，而地下水又不稳定，这种干湿交替却不稳定的环境，对埋藏的文物产生了很大的破坏。

但是，经过吴顺清及其团队的努力，考古人员成功地剥离出超过 5000 片的竹简……海昏侯墓出土的竹简的保护和修复，在吴顺清的文保工作经历中绝对是浓墨重彩的一笔。中央电视台曾拍摄了纪录片《古书复活记》，其中一集就讲述了刚被发掘出土的、陈旧得快要腐朽的竹简是如何被唤醒的过程。那个视频在网络上颇受欢迎，点击量和转载量都是过万。这也让我们普通人得以“眼见为实”，仿佛过了一把亲临考古现场的瘾。

视频中，刚出土的一个黑乎乎的小东西，放在一个瓷

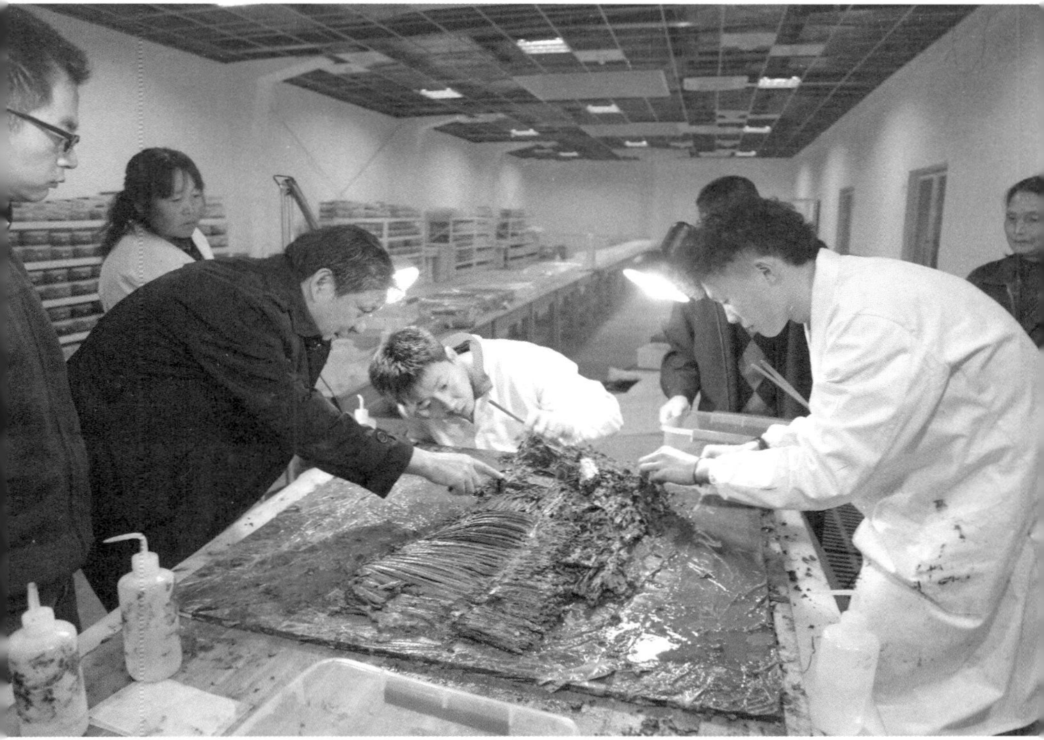

吴顺清（左二）在海昏侯墓考古出土竹简实验室指导工作人员进行清理

吴顺清（中）在海昏侯墓考古现场指导工作

盘中。这个看上去弯曲如蛇的东西，漆黑如夜，形状犹如断掉的绳子或者是一条蜷缩着身体的蚯蚓，它一动不动地躺着，僵硬着身体，一副腐朽的状态。但是，有些迹象提醒我们，它并没有死亡，而是在沉睡，且已经在地下酣眠了 2000 多年，只是身体睡出了惯性姿态，故而一动不动，毫无声息。

那是 2016 年，吴顺清再次来到海昏侯墓参加出土文物的保护修复。江西南昌海昏侯刘贺墓，是我国目前发现的面积最大、保存最好、内涵最丰富的汉代侯国聚落遗址。当时，一堆烂泥堆，黑不溜秋的，堆积在回廊西北角，从外形来看，就是一堆泥土，至少外表看去，与泥土没有差别。那些黑黑的蜷缩着身体的东西就混合在淤泥中，即将被考古人员当作淤泥处理掉。吴顺清一眼看见，心中一惊，上前一步拦住了清理人员，大声叫道：“这肯定不是泥巴，很可能就是汉代竹简。”吴顺清自有他的辨别经验，据他介绍，不同时期的竹简会有不同标准的宽度和厚度，在考古发掘的过程中，但凡遇到“形似”竹简的东西，哪怕只有那么一点点相似，他们也都会先保护起来，待其他文物取完后，再对那些形似竹简的东西进行一一辨认与清理。

说着，吴顺清就蹲下来仔细查看。

他一边查看一边交代助手：“我们这些文保工作者，识别时，眼力要准，视线要广，除了靠外形识别文物，还要依托文物埋放的位置来识别，如‘文房四宝’一般都会与乐器埋放在一起。当碰到形似而且埋放位置也相对应时，我们就要警惕了。你们看，这些靠近墙角的堆成堆的东西，一条条或者一团团的，形似断掉的绳索，咱们可不能忽视，经验告诉我们，它们往往就是珍贵的文物。”

吴顺清之所以这样说，是因为这类事情以前也发生过，所以他进行了解释。

有些漆器，因为以前适应了地下饱水状态和黑暗的环境，突然被发掘出来，一下暴露在空气中，氧气和光线会导致它们瞬间干裂、掉皮、破损，还会萎缩到肉眼无法辨认，甚至糟朽，一般人员就会被蒙骗过去。但是，这些文物专家长期“战斗”在第一线，与文物打交道，不知过眼了多少件历史文物，时间和经验训练了他们。吴顺清更是练就了一双犀利的穿透力极强的“千年眼”，这双眼睛似乎被时间赋予了魔力，往往能看透表层，直至器物内里，发现它的本质。说到底，这仍是经验的缘故，而经验来自无数次的现场奔波和文物战场的“搏斗”。对吴顺清来说，文保专家不仅要拥有一双强劲有力的腿脚和不断创新攀高的双手，还须拥有一双透视时间的慧眼。

一眼看穿千年，不再是传奇和虚构的神话，也不是杜撰的故事。它确确实实地存在，是文物保护和修复专家多年来练就的绝活和本事。

再回到海昏侯墓文物的出土现场。

事实证明，那些差点被处理掉的黑乎乎的东西，果真

吴顺清（左三）在现场指导工作人员进行清理

是价值连城的“竹简”。而这些出土的竹简，多达5000余枚，恰恰是整个海昏侯墓中所发现的文物中最珍贵的东西。

这可谓重大发现。

这些珍贵的文物被小心地“请”出来。它们多半呈现亚饱水状态，含水量很高。它们形似一堆堆泥土，被深埋地下几千年，在水分、空气、土壤酸碱度、温度、微生物

吴顺清（中）在查看出土文物

等因素的作用下，构成木材部分的纤维素和半纤维素以及木质素降解流失，造成木胎强度减弱，再加上外力的挤压，变形不说，大多数已经支离破碎。

怎么办？

吴顺清回忆那次现场情况，似乎又陷入彼时的情景，脑袋抬起，双目望向半空中，眼神中既有迷茫，又有发现的欣喜。这是他重置当时情景的状态，也可以说，他当时的心情沉重复杂，在记忆中镌刻了重要印记，以至于近10年过去，也无法抹杀。一旦被触动，记忆便带领他迅速重返彼时的现场。

很快，吴顺清收回目光，嘴角抿起，一股坚毅游走在他的脸庞。他重重地点头，自答：“我们还是有办法让它们恢复原样的，只是步骤很多很细，我慢慢说来。”

修复前有个重要步骤，就是先拍照取样来建立文物档案，利用水分测量仪、红外光谱仪等，测量文物含水率、漆膜成分等数据。这些为何说很重要？是因为，它们要为后期的漆器脱水、漆膜修复提供数据支持。建档工作完成后，吴顺清及其团队成员会用软毛刷和竹签蘸上蒸馏水，对漆木简牍上的泥垢和结晶盐进行清洗。这清洗工作也是考验人，重不得，一定要轻，小心地捏着毛笔，用毛笔刷的尖尖拂拭、点刷，一遍遍，直至灰尘和积垢全部被刷掉。清洗后，再用草酸溶液清洗器物上的霉菌，这一步也不能省略。

准备工作到位，就是脱水了。吴顺清喝了一口白开水，仔细地介绍这个步骤。

“以前运用较广的脱水法是自然干燥法和聚乙二醇填充法，其中，聚乙二醇是一种既溶、于水又溶于有机溶剂的高分子材料，简称 PEG，化学性质稳定，在常温下可保存数十年，而化学结构不发生变化。PEG 的任何化学分解产物都是挥发性的，不会存在任何残留物，是比较理想的木材填充剂，操作简便、易行，处理原料来源广泛。缺点是此方法处理周期较长，能源消耗较大，由于聚乙二醇具有吸湿性，当环境湿度较大时，聚乙二醇会产生析出，附着在器物表面，因此对脱水后的文物保存环境要求较高。我运用的是复合乙二醛脱水技术。乙二醛脱水法是湖北省博物馆陈中行研究出来的。我们花费了好几年时间对这个方法进行了优化完善，现在叫复合乙二醛脱水技术。它是将木漆器文物浸没在乙二醛溶液中，加入引发剂、交联剂等物质，这样浸泡后，乙二醛与文物胎体中的纤维素、木质素发生了交联聚合，从而增强了漆器强度，也将木漆器

吴顺清（中）在指导年轻文保人员清理文物

饱含的水分置换出来。这种方法对设备的要求简单，操作也不难，况且成本也低，尤其是对薄胎小件漆器效果更显著。经过复合乙二醛脱水技术处理的漆器因渗透性强，修复后的木胎上的漆膜能有效地保持原形——看上去自然莹亮。所以，这个脱水技术在业内被认可，并被广泛运用。

“脱水完了，并不代表修复完成，还有几个步骤。

“下一步是定型干燥。为了恢复出土文物的原貌，我

复合乙二醛脱水技术在成都工作站推广（右二为吴顺清）

们一般采用石膏脱膜法进行修正，至于干燥，可不是想当然地暴晒和增温，而是将器物置放在阴干房内逐渐干燥。等器物定型后，我们就会进行修复。怎么修复呢？对断裂的地方进行拼对粘接，残缺的部分进行补配，随后就是打磨；粘接与补配所用的材料基本为生漆、瓦灰、木屑，按合适的比例进行调制，打磨后用生漆、瓦灰调制的漆灰批刮在补配部分；等干燥后继续打磨，后续就是回贴漆膜和髹漆。髹漆又分为髹底漆和髹色漆两步，也是极为细致的手工活。

“完成这些，要进行收尾了，也就是最后一步，是对木漆器的封护——要利用封护剂进行全方位无死角的涂抹，形成一层透明的保护膜，以此隔绝空气和水分，防止侵蚀。

“至此，木漆器文物出土才算大功告成。”

采访后，我查阅资料，并通过电话和现场采访了荆州文物保护中心的老师们，便于了解复合乙二醛脱水技术。补充如下：乙二醛是最简单的二醛，分子量较低，在水溶液中乙二醛以水合物存在，其化学性质非常活泼。此方法的原理是利用乙二醛水溶液浸泡饱水木漆器，内加防霉剂，当器物完全被乙二醛溶液浸透后加入固化剂，并在一定温度下固化干燥。此方法的优点是操作简便、成本低、设备简单，易于推广。此方法对处理薄胎小件漆器效果较好。而且，乙二醛法处理的漆器因渗透效果好，木胎的漆膜能很好地保持原形，漆膜色泽自然。

在吴顺清及其单位团队的努力下，运用他们独创的神秘药水，最快 12 个小时便能将沉睡的竹简唤醒。

继续看——那些躺在白色瓷盘中的小长条，经由药水的浸泡，黑黑的蜷缩的身体颤抖了下，接着舒展开来，慢慢动起来，再接着摇头晃脑地伸展开身体，随后它的灵魂也被唤醒，完全向世人摊开了原貌和心胸。

更令人惊奇的是，竹简上被漫长岁月吞噬和蒙蔽的文字也在精灵般复活，逐渐清晰，呈现出它们记载的内容。

谁能想到，那些神奇再现世间的文字竟然有《论语》失传的篇章《齐论》。史书记载，《论语》流传过三个版本，分别是《齐论》《鲁论》和《古论》，我们现在背诵的《论语》是《鲁论》和《古论》的精选版本，而《齐论》却是千余年不见踪迹。现在失而复得的文字清晰地展现在世人面前，意味着《论语》要更新了。古今在此交融，历史与现代跨越了 2000 多年的鸿沟弥合成一个整体，中华文明再添一道美丽的风景，文脉更加深厚绚烂。

难怪有网友如此惊叹这个“修复发现”——等了2000多年的时间，终于等来了《论语》的更新。

《齐论》失传于汉末魏晋，距今约1800年了。西汉时期，《齐论》的诸多传人中，以昌邑中尉王吉影响最大且最有名、事迹最清楚，他与海昏侯墓主刘贺有着长久密切的稳定关系。而刘贺墓发现的海昏简有5200余枚，其

吴顺清在考古现场座谈会上发言

中《论语》简500余枚，每篇均是独立成卷。同时，考古学家还发现，海昏简《论语》保存有《智道》篇和一些不见于今本的简文，说明此简本应是《汉书·艺文志》著录的《齐论》。刘贺墓是迄今所见殉葬《论语》抄本最早的墓葬，海昏简《论语》代表了《论语》的早期面貌，这也意味着海昏简《齐论》，应与张禹编订《论语》时依据的《齐论》接近。所以，历史学家和考古学家断言：“这一重大发现，对于世人全面系统地认识儒家思想及其演进，深入研究西汉时期的思想文化的发展，具有重要意义。”

本次发现的意义还在于，海昏简《齐论》为经学研究提供了重要依据。关于《齐论》的经文和经义是历代经学家争论千年的问题，但这些争论都是建立在推测甚至臆测的基础上，并无实物证据，只有通过考古出土的文物来证明。那么，《齐论》的发现和出土标志的价值不言而喻。

吴顺清和他的同事们为这个发现而倍感欣慰。吴顺清又强调说：“这绝不是我个人的功劳，是我们单位全体文保工作者的集体成绩，当然这也是我们文保工作者应该做的，是我们分内之事。目前，我们单位的同事们都很关注海昏侯墓，针对海昏侯墓的文物，如何将它们最大限度地保护好和修复好，是我们文保工作者共同的职责。”

“发现”后，如何有效地保存下来？又是难题。吴顺清介绍道：“江西海昏侯墓不仅含水率高，且地下水极不稳定，导致墓内长期处于干湿交替的状态。这使得竹简的保存状况极差，丝织品极为罕见，出土的木漆器也多不完整，普遍存在收缩、变形问题，残留物与泥土紧密粘连，清洗难度极大。目前仅完成部分清洗工作，考古学家仍在持续清理中。在清洗过程中，针对极度糟朽的简牍，我们先进行了临时加固处理，以此确保简牍能从半饱水状态平稳地过渡到饱水状态，为后续保护处理筑牢基础。清洗后，文字已能依稀显露，但对于那些模糊、暗淡的文字，还需要联合古文字专家与考古历史学家共同辨识考证。而简牍的保护工作至此仅仅是个开始，下一步还需要进行脱色、脱水、修复、封护等一系列保护处理——这些步骤的实施，主要是为了实现文物的长久保存，同时也能让其更好地展示。经过这样一套完整的修复流程，这些‘发现’的文物才能得以妥善留存。”

第八章 参与抢救发掘武王墩墓

目前，吴顺清作为专家受邀参与安徽寿县武王墩墓的项目研究，成为六人专家组的成员之一，他主要对武王墩墓的出土竹木漆器和丝织品等文物进行保护研究。武王墩墓曾多次被盗，而盗墓贼在盗掘过程中手法粗鲁，盗墓的设备不是挖铲就是炸药，对于到手的文物也是粗暴对待，完全没有采取相应的保护手段，导致文物表面漆严重脱落。而且，有些大型文物无法带出盗洞，盗墓贼将它们全都锯成了碎片，造成无法挽回的损失。国家文物局针对这样的情况，从 2020 年开始，对武王墩墓开展有科学规划的抢救性考古发掘。如何最大限度地减少损失是武王墩墓受关注的焦点。武王墩墓是迄今考古发掘等级最高、规模最大、结构最复杂的楚国墓葬，也是近年来国家文物局批准的为数不多的大型墓葬发掘项目，国家文物局对此高度重视。对于吴顺清而言，抢救性地发掘古墓里面的竹木漆器和丝织品，保证此类文物完好地提取出来，存放到安全的环境里，是他最重要的事情。

武王墩墓在 2024 年 4 月进行了椁室内部的发掘和清理，已经提取了木漆器、青铜器等编号文物千余件，包含青铜礼器、生活用器、木漆器、乐器、俑等珍贵文物。其中，木漆器的数量、种类都是空前的。当时，吴顺清刚刚当选 2023 年“大国工匠年度人物”，但盛典一结束，他便收拾好行李，奔向了安徽寿县武王墩墓现场，率领 3 名技术人员在现场参与考古发掘和文物保护，负责木漆器的出土清理和保护工作。

吴顺清详细介绍了木漆器的出土过程。

“因为木漆器较为脆弱，我们考古人员采取薄荷醇临时固型，再用石膏绑带和插板等方法进行提取。等木漆器被运到实验室后，实验员会对它们进行及时的初步清理，再将木漆器浸泡于去离子水中，使其处于稳定状态。为了减免损失，我们必须争分夺秒，从提取到浸泡的过程，尽量不能超过半个小时。之后又要将它们浸泡一个月以上，等材质完全稳定下来，才会被送到实验室做后期的脱水工作。往往一个出土的木漆器要保护并修复好，要三到五年的时间。”

吴顺清在2024年12月初又去了武王墩墓，在那里待了半个月时间。他表示，这件事是他目前最重要的工作，他日夜都在想着。

现在，武王墩墓出土的战国虎座凤架悬鼓、战国双虎纹漆木屏风架等多件文物已经运往荆州文物保护中心。战国虎座凤架悬鼓体形庞大，高度达到1.9米，是目前出土的最高的一个木架鼓。它很特殊，因为每个构件都有独特之处，虎座上面有黄颜色的涂料，而鸟翅上有精细的羽毛和雕刻的龙的花纹。但是，虎座凤架悬鼓是被盗出来的，送来的并不完整，很让人惋惜。幸运的是，这个虎座凤架悬鼓的构件已经被追回，也运到了荆州文物保护中心，整个木架鼓正在修复中。但因为修复工作涉及方方面面，而武王墩墓又非比寻常，这些因素决定了修复工作会十分漫长。吴顺清介绍，荆州文物保护中心已经对虎座凤架悬鼓

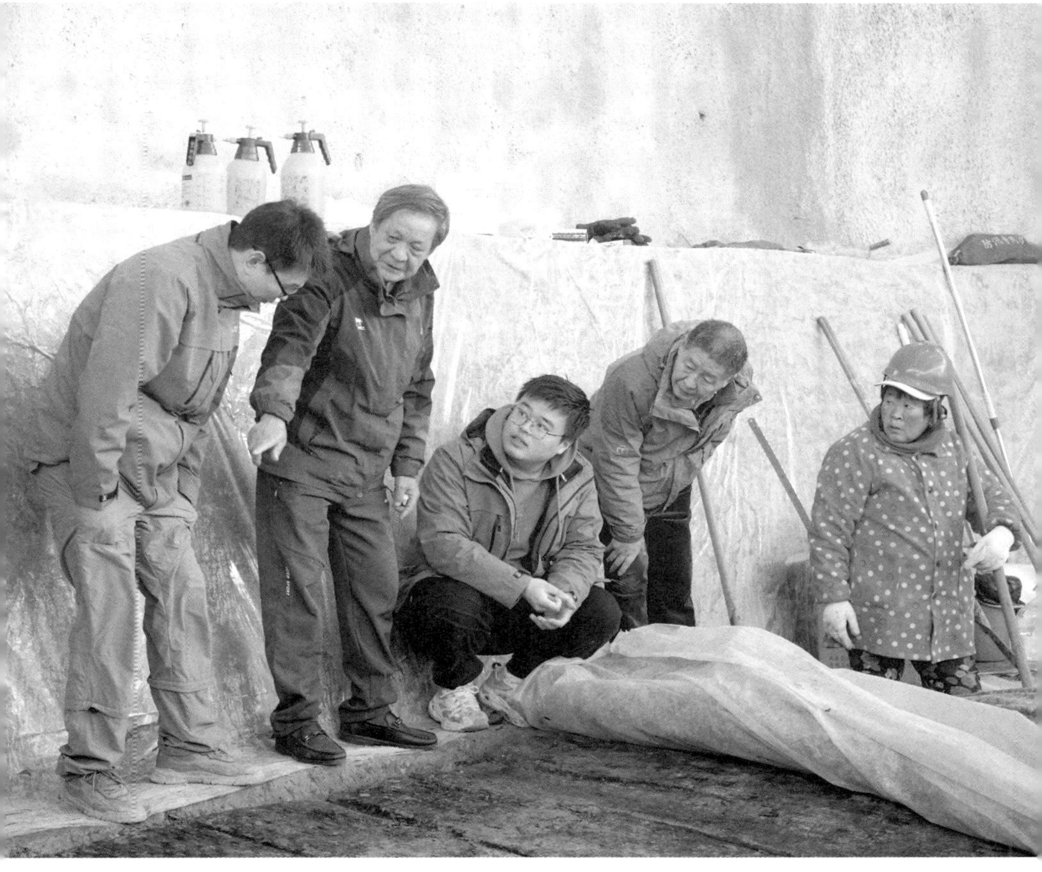

吴顺清（左二）在武王墩墓考古现场指导工作

的表面颜料进行了分析，分析结果又有较为重要的发现。

同时，吴顺清和他的同事们也正在为武王墩墓出土的木漆器做好编码，也将为武王墩墓后续出土的文物做好保护方案和修复工作。

对于武王墩墓的有效开掘及其文物保护和修复的意义，吴顺清这样介绍——

“楚先民‘筚路蓝缕，以启山林’，创造了楚国八百年的历史，时间跨越西周和东周，其文化灿若星河。公元前 241 年，楚国君考烈王迁都到今天的安徽寿县，在那里经历了考烈王、幽王、哀王、负刍四代君王的统治，直至楚亡。楚文化是中华传统文化的重要部分，武王墩墓的墓葬结构、营建工艺、埋藏的文物代表了楚文化的最高成就，全面反映出战国晚期楚国的政治、经济、文化、社会图景，对研究楚国高等级陵墓制度和陵园设计规划、丧葬习俗等提供了实例依据，对延拓楚文化的研究具有重要价值。而我负责的木漆器和丝织品等出土文物的清理、保护和修复，虽然只是其中的一部分，但也是重要部分。我希望自己在有生之年能够做好这个项目，能有效地清理、保护并修复好出土的文物，不留下遗憾。”

这一切值得期待。

正如黑格尔所说："任何一件美术作品，都属于它的时代和它的民族，各有特殊环境，依存于特殊的历史和其他的观念和目的。"我们可以推而广之，不只是"美术作品"，而是所有出自人类之手的作品，尤其是深埋在历史尘埃下，一度被时间遮蔽甚至快要被吞噬的作品，都属于它的时代和民族。而对于后人来说，运用前沿科学技术，对出土的文物尽量复原并加以保存，也不失为一种重新解读。而对历史环境的再次解读，正是对历史真相的呈现。就在这样的呈现中，古人的智慧哲思穿透了漫长的岁月而再次闪耀，激活了时间，古今得以通融，我们后人获得滋养，民族的文脉便得以承接。

第九章 复活之手

吴顺清说："文保工作琐碎繁芜，要做出成绩来，让出土的文物再次'青春焕发'，最终还是靠手上功夫。"

毫无疑问，我们见到的充满勃勃生机的出土文物，都是经过文保老师们的复活之手，才重新焕发了青春光彩。而能拥有这双让文物"起死回生"的魔幻的双手，拼的仍是时间和对文保工作的炽爱。

吴顺清对虎座凤架悬鼓的成功修复，便是例证。

虎座凤架悬鼓是一件典型的漆木制文物，2002 年出土于湖北荆州的天星观2号墓。天星观2号墓的发现很有意思，源于当时长湖的水位下降，水落石出，这座古墓就暴露在河滩上。随后，盗墓贼不断入侵，天星观2号墓被迫抢救性发掘。于是，一群考古专家前来发掘和清理，发现是一处战国时期的楚国墓葬地，里面有大量的青铜器和木漆器文物，其中就包括这个虎座凤架悬鼓。这个悬鼓器型

吴顺清（左一）和同行讨论文物保护修复问题

大，建造工艺优美，放在全国看，都属罕见。

“天星观 2 号出土的虎座凤架悬鼓不仅是一件陪葬品，也是一件实用的乐器。总体来说，它是一件难得的艺术精品。”吴顺清如此介绍。

当时的楚国木漆器工艺技术已达到高峰，楚国工匠能运用天然漆调制出彩漆，如楚国漆器上常见的红、黄、黑、白等颜色，部分精美漆器还会镶嵌宝石和金银饰件。同时，工匠们还在器物上做了一定的防潮防腐处理，能够抗拒时间的浸淫破坏，在一定程度上保持亮丽色彩。但是，这个虎座凤架悬鼓从古墓中被清理出来时，它整个组装的古器物已是残破不堪，表面的彩漆也都脱落了。

吴顺清介绍说：“有些地方花纹脱落了，一只凤嘴也掉了，翅膀也折断了。这个文物近一人高，而凤腿已经腐烂，站不起来，真是惨不忍睹。”幸运的是，它的基本轮廓还在，残留的颜色依稀可见以往的绚丽色彩。

吴顺清欣然接受了任务，带领他的团队对虎座凤架悬鼓进行保护和修复。

吴顺清首先用蒸馏水清洗虎座凤架悬鼓，除掉其表面和器物缝隙中的淤泥尘垢，再用 2% 的草酸溶液继续清洗，主要是祛除霉斑和微生物，如果少了这一环，出土的木漆器会在空气中发生病变，导致物件完全破损或者变形。接着是脱水。这是关键一步。吴顺清采用他的复合乙二醛脱水技术，即用乙二醛替换水分子的填充物，既高效又能长时间保存。这种脱水技术在虎座凤架悬鼓上的运用，让吴顺清的“魔法药水”得到全国正式公认。

其次是整形拼对，主要是连接，要对膨胀的部位进行

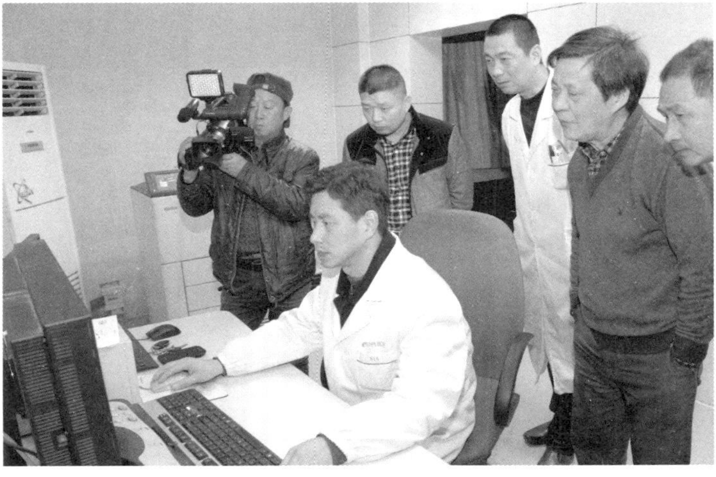

吴顺清（右二）在荆州夏家台考古现场指导工作

吴顺清（右二）在成都指导文物修复工作

削减，再用这些削减下来的材料对腐烂的部位进行填充修复，确保器物看起来圆润顺平。

最后是上色。这也是绝活。该上什么色彩？涉及对楚文化的研究。好在，团队里不仅有文保工作者，还有涉及多个领域的专家，如历史学专家、建筑师、美术家、医生、工艺大师、化学家，等等。专家们结合史料和楚

文化特质，确定了以黑、黄、红为主的色调，它们结合在一块儿，整体呈现出沉稳贵气的色泽，含蓄内敛，却耐人寻味，这正是楚国文化的特色。

文物保护和修复有个原则，就是尽量保护文物的原貌、原装，所以不能用化学漆，必须用天然漆反复调制，再按照传统工艺进行髹漆。每涂上一遍漆都要干燥至少一个星期的时间，然后涂第二遍漆，如此反反复复地上了六遍漆。

以前，在没有接触文物保护修复大师们之前，我见到这个大气厚重的虎座凤架悬鼓，眼前就会展现出楚国人载歌载舞的欢欣场面。而现在，我似乎也拥有了一双“千年眼”，在那喧闹的快乐的歌舞后面，又看见了埋首文物追寻真相的大师们……

整整 5 年后，吴顺清带领他的团队让虎座凤架悬鼓重

新焕发了青春。现在，它珍藏在荆州博物馆里。它将被我们的后代继续看见，并引发诸多的联想和思考，关于历史、当下、社会、经济、文化等。

2005年，名声在外的吴顺清被两次邀请参加故宫博物院部分破损文物的修复工作。

第一次是被请入故宫对殿堂房间的梁柱进行修复，由于虫子细菌和地面潮湿的影响，梁柱底部快要朽烂，中间部分已经腐化，出现虫蛀现象。吴顺清运用锯末和树皮填充置换，再用复合乙二醛脱水技术进行处理，同时运用生物材料加固，再上色髹漆。虽然修复的时间不短，但是效果显著，且修复后的梁柱不再腐朽，其强韧度远远超过梁柱的其他部位。

这年的秋季，吴顺清带领他的团队再次来到故宫博物院，参与一个古代画伞的修复。那是清朝乾隆皇帝用过的两顶黄缎九龙画伞，是御用的遮阳伞。由于时间过久，画伞的材质已经硬化，而且缺乏韧性，根本无法撑开。吴顺清和他的团队夜以继日地工作，利用生物技术处理后，两顶黄缎画伞的材质质量有了明显的改善提高，而且能收放自如了。邀请地级市的文物保护工作者来故宫做文物科技保护，在故宫博物院还是首次。这足以说明吴顺清及其团队在业内的影响力。

而上一年，即 2004 年 4 月，吴顺清带领团队，成功修复了马山一号楚墓出土的龙凤虎纹绣罗单衣的两只衣袖，这正是他们运用生物化学技术处理的结果。2004 年 8 月，国家文物局专家组考察鉴定认为，这是文物保护技术上的

吴顺清（右一）受故宫博物院邀请，修复文物

“一次革命”，是开拓性、原创性的工作，处于“国际领先水平”。2004 年 9 月，湖北省科技厅为他们颁发了“湖北省重大科学技术成果”证书。

第十章 越来越多的修复任务

马山一号楚墓中的棺材上还发现了一种特殊饰物——全是用丝绸编制而成，表面是针法繁缛而艳丽的花纹织锦，反映出墓主生前的贵族地位和奢华生活。根据史料记载，这件丝绸棺饰应为“褚”“荒”“帷”。“褚”是贴在棺材上面和四周的丝织品，“荒”是套在棺盖上的织物，“帷”是垂挂在“荒”下面的装饰物，紧紧围绕于棺材的四周。不难看出，所谓的“荒”和“帷”都要套在“褚”的外面，后两者又要连成一片，不能分开，所以专家们称呼它为

“荒帷”。“荒帷”被修复后，质地柔软，色彩崭新，还能够折叠。

吴顺清说起“荒帷”来，双眼顿时睁大，瞳孔里散发出奇异的光芒。

他介绍，2007 年，荆州谢家桥一号墓出土了四层“荒帷”，它们中面积最大的一场，足有 44.6 平方米，是朱红色，虽然遭受严重损坏，但依稀可见它们的鲜艳颜色，绣饰复杂，技术也堪称巧夺天工。它们由对兽对鸟几何纹锦作缘，中间主要部分由绢地乘云绣制成，锦绣合一，虽然破朽，但是其奢华气息依旧浓烈。这四层“荒帷”属于西汉时期的棺材饰品，是目前我国出土的最大的“荒帷”丝织品。

众所周知，丝织品在所有出土文物的保护中属于难度最大的，这是由其材质特点决定的。它们为蛋白质纤维物，在地下埋藏至少千年，要么破损断裂，碎成片片，要么糟朽碳化成烂泥，而真正地“死亡”。即便幸存，也由于长期受到地下水的浸泡，稍加碰触就会“灰飞烟灭”，出土后，受到温度、湿度、光线、氧气、细菌等影响，常常在几分钟内就会发生巨大的变化。这四件“荒帷”出土时，它们已黏成一团“烂泥”。

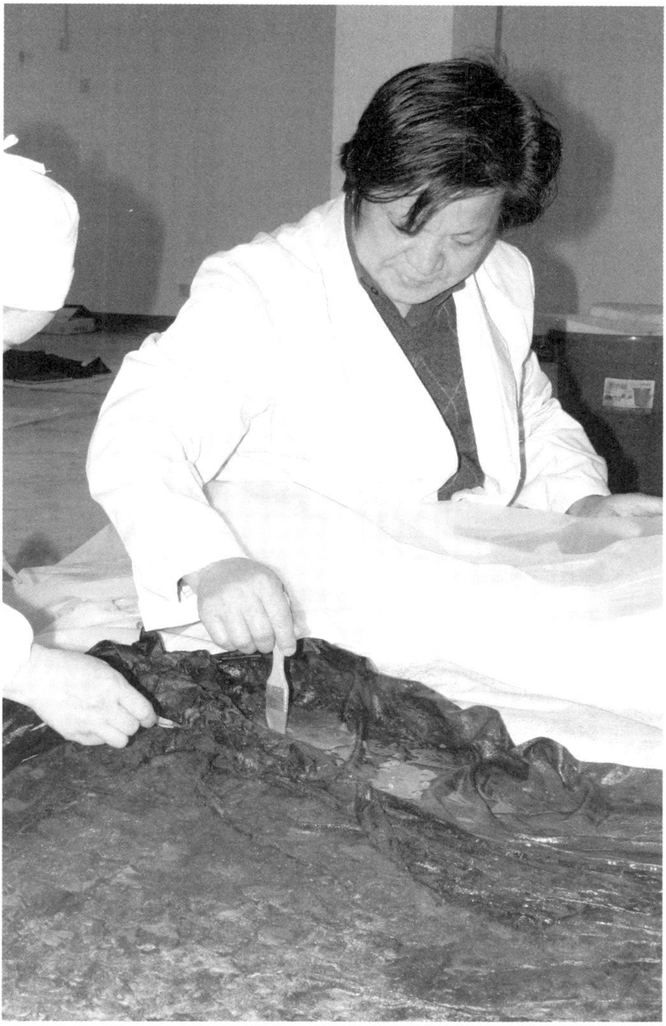

吴顺清在对谢家桥一号墓出土的“荒帷”进行清洗

吴顺清和他的同事们首先要做的就是“现场应急保护”，他强调，这一步非常重要。而要做好这一步，就需要提前预案。

怎么预案？

吴顺清介绍道：“为避免光线，我们会在现场搭建遮阳棚，或者就是选择在夜间开棺。出土后的丝织品文物如果糟朽，我们要临时加固处理再实施揭取，确保最大限度地保持其完整性。现场提取虽然全是手工活，但是也很考验人，更需要技术，因为要控制好干湿度，环境太干，文物一碰就会碎；太湿了，文物又提不起来。我们那次在谢家桥一号汉墓，发现了四件‘荒帷’，经过一系列准备工作，完整地将它们提取，并运回了实验室。四层‘荒帷’露出了真容，其中第三层最美。第一层，是由鸟兽几何纹锦作缘、绢地乘云绣制成，锦绣合一，质地华贵。上面还有丝织品做成的锁形物，据称是辟邪之用。第二层是一些抽象的花纹图案，针线更加细密。第三层出现了神秘的人形图案，铺地面积最大，几乎达到45平方米。

“运回实验室后，要对它们进行清洗。它们在地底下躺了那么多年，细菌肯定多，污染的面积、程度也大，我们一边清洗一边分析，确定合适的材料，再进行大面积清洗。这些都是手上功夫，轻不得也重不得，需要耐心细致，也很耗时，一件丝织品完成清洗步骤，一般要几个月时间，甚至一年。清洗干净后，就是加固处理，最大限度地恢复并提高丝织品文物的强度和韧度。最后，我们就担任起绣娘的角色了，拿起针线进行缝补修复，还要补色，保证充分地展现出它们原有的材质和色彩工艺水平。这样，出土的丝织品文物也就有机会展现在大家面前了。

“对这出土的四层丝织品‘荒帷’，我们团队花费了3年多的时间，运用团队研制的微生物细菌发酵提取液进行清理保护，然后进行加固修复。终于，它‘死而复生’，再次焕发了勃勃生机。

“修复后，从外观上看，这四件‘荒帷’光泽度好，富丽明艳，而且上面的花纹走线都很清晰。尤其是黄底丝绸上褐色的凤鸟栩栩如生，甚是耀眼夺目。它们以前只能平摊在地上，而修复后，它们恢复了丝绸的部分性能，能够按照原来使用的方式进行展出。也就是说，经过技术处理后，我们真正地让那四件已经进入衰老死亡期的‘荒帷’获得了第二次的青春生命。其中，第三层‘荒帷’名为‘锦缘绢绣荒帷’，在2021年参加了万年永宝——中国馆藏文物保护成果展，那是为庆祝国际博物馆日，中国主会场在首都博物馆举行的展览活动。其中展出的文物都经过艰难地修复，才得以面世。而三号‘荒帷’是湖北省唯一一件入选的文物，在北京展出了三个月，也让那些历史爱好者大饱了眼福。”当时有网友发微博文晒出了三号“荒帷”，并如此赞誉：

“如果不看铭牌，如此巨大的丝织物很容易以为是清代的文物，但它竟然来自2000多年前的西汉。”

当然，“荒帷”的出土意义，不仅是能展出来，让世人大饱眼福，重要的是印证了《礼记·丧大礼》关于君、大夫、士阶层对于使用丝织品棺饰的规定，对于研究各阶层的丧礼提供了有价值的参考依据。

2008年，吴顺清接受了长沙马王堆汉墓一号坑出土的丝绵袍子的修复任务。那件丝绵袍子是辛追夫人的，长达2米，出土后，由于技术原因，颜色暗淡，材质有些破损，而且只能平摊存放。但是，那么长的一件袍子，存放起来也困难。关键是，它只能平摊，不能卷曲折叠起来运输，更谈不上悬挂起来参展了。所以，多年来，它只能锁在存放柜中，世人无法一睹其风采，文物出土的价值难以实现。彼时，吴顺清及其团队独创的用于保护、修复出土的丝织品文物的生物技术，效果已是闻名文保业界。于是，湖南省文物局慕名找来，请吴顺清修复这件丝绵长袍。

吴顺清及其团队查看这件丝绵长袍，发现当时的丝绵长袍色泽暗淡，材质处于脆化状态，状态也不稳定，更谈不上韧度。他们利用微生物发酵提取液，对这件丝绵长袍进行了清洗、加固和修复处理，使这件丝绵袍子增加了材质强度和韧力。袍子的颜色也是鲜亮打眼，光彩无限、纹路清晰。随后，这件出土的丝织绵袍被折叠装箱赴法国参展，获得了国际好评。

在吴顺清的带领下，他的团队同事们对出土的丝织品文物保护、修复数量已有几百件，他们的微生物发酵提取液技术被同业广泛运用。

吴顺清介绍完后，我们又去修复室参观。

丝织品修复室里，工作人员有的神情专注地用显微镜查看丝绸文物的组织结构，有的在飞针走线进行修补，还有几个研究员在用普洱茶进行染色实验。吴顺清解释道："主要是文物太珍贵了，实验的材料也好，修补的材料也好，我们都很慎重。我们对于化学材料用于丝织品的保护非常谨慎，染色中，也是用普洱茶代替染料，就是为了减少对文物的损坏。"

我不由得赞叹："吴老师不仅拥有一双'千年眼'，还

吴顺清（右一）在三星堆指导出土象牙的修复

有一双‘复活手’。”

吴顺清笑了，又说：“蛮有意思的是，我们文保工作者的眼睛的确重要，手也重要，有时候，感觉它们能够互通功能。眼睛看多了，到了考古现场，能很快就识别出各类文物埋藏的地方；双手摸过的文物太多，也能‘看出’文物的特质。”他举了一个例子说明。

2013 年，吴顺清及其团队来到成都老官山墓的发掘现场，居然发掘出扁鹊学派经典书籍。当时，那些竹简大多保存完整，可出土过程中容易发生变形，眼下紧要的工作是在现场进行保护。当时，竹简一直浸泡在水中，出土后，它们周围的水要马上抽干，吴顺清考虑到，这样一来，竹简肯定会因为质变而发生收缩甚至散碎。所以，他们当时就用泡沫等材料，慢慢地对竹简下的泥土进行置换，手上的功夫要轻重得当，否则会前功尽弃。好在，大家都是文物保护的老手了，身经百战，也实在是心疼喜爱这些“文物”，所以掌握好力道，当它们是婴儿般轻拿轻放，才慢慢地将竹简取出来。后来，这些新出土的竹简被相关专家鉴别认定，其内容介于早期的马王堆医书和中国首部医学典籍《内经》的内容之间，涉及中医学的多门学科，具有极高的学术价值。

“当时的提取过程异常辛苦，我双手因为长时间处于小心翼翼的状态，曾经僵直了，就像发鸡爪疯一样。苦是苦，但是我感觉很有意义，值得。”吴顺清在采访中，发出了如此感慨。

吴顺清凭借他精湛的手艺和独创精神，在竹木漆器出土文物的保护、修复上，改进出复合乙二醛脱水技术；在

吴顺清（右二）和其他考古人员一起修复老官山简牍

吴顺清在清理、修复老官山简牍

丝织品出土文物的保护修复上，创新地提出了生物化学技术应用于丝织品文物保护的新思路，对出土的两类不计其数的文物进行了安全有效的保护、修复。这些成绩使他在文保业界声名远扬。但是采访中，吴顺清反复说自己越来越胆小，生怕失手留下遗憾。在他看来，出土的文物，无论大小，历史久远与否，都是不可替代的宝贝，从它们出土的那一刻起，就等待着被“当下”留存。所以，作为文保工作者，他们修复的个性远大于共性。每次接手一件新出土的文物，吴顺清都觉得是全新的挑战，仿佛他又站在了文物战场上，化身为战场医生，正在与时间赛跑，想争分夺秒地从残酷无情的时间中抢救那些文物“伤病员”。

第十一章 匠心担当

吴顺清已经在文保行业工作了 50 多年了，虽早已过了退休年龄，但出于对文保工作的痴爱，一听说哪里出土了文物就会按捺不住内心的兴奋，立刻收拾好行李奔赴现场。所以，吴顺清至今还奔波在考古的第一线，而且，一年中至少有大半年时间待在考古第一线。

这样的工作可谓高强度，不过也是惯性了，已成为吴顺清生活不可缺少的部分。他曾经一个星期辗转了 7 个省、市。哪怕是当选“大国工匠年度人物”后，也没有改变吴顺清的日常工作。2024年3月初，正是“大国工匠年度人物”揭晓的日子，吴顺清顺利当选，并去北京参加了盛典，但盛典一结束，在3月5日清晨，他又出发赶去安徽淮南参与武王墩墓的现场考古发掘工作，这一待就是个把月的时间。清明节时，他回家休息了几天，又前往北京参加了座谈会，随后又回到了武王墩墓的考古发掘现场。

面对记者的采访，他常说的一句话是：“做好文物保

吴顺清（右二）在考古发掘现场

护，靠眼、靠手，更靠一颗热爱之心。”如此肺腑之言，让人动容，并让我们这些后辈生发出无限感慨。这岂止是热爱之心？这是一颗担当文物保护和修复的匠心，也是一颗对文保工作的虔诚初心，更是创造人生价值的锦绣丹心。

半个多世纪以来，吴顺清把整个身心交付给文保事业。他埋头于失之毫厘、谬以千里的细枝末节的工作中，硬生生地将时间以文物的名义退缩到1000年甚至2000多年前，去复原历朝历代的古器物和古人留下的文字，提供历史的真相，并采用现代技术进行保存，为我们的子孙后代留下宝贵的文脉财富。

无疑，吴顺清是文物复活大师，是大国工匠，是妙手回春的“文物医生”，也是让古今对接的“文物魔法师”……

对于出土丝织品文物的保护，吴顺清潜心研究了10余年时间，才研制出古代丝织品生物法清洗和加固技术。这得益于无数次真正的丝绸文物运用实验。介绍的过程中，吴顺清讲了一个细节：为了提高实验的成功率，他到处寻找文物残片，可是考古发掘出土的丝织品，哪怕只是指甲般大小的残片，也是异常珍贵的文物，怎能拿去做实验呢？这让视文物为生命的吴顺清纠结不已。但他并没有放弃，而是有心寻找，可谓诚心感动了老天，真让他等来了机会。那年三九天，邻近地区一座战国时期的古墓葬被盗掘，盗墓贼将从古墓里挖出来的一些丝织品文物碎片扔进了一口水塘中。吴顺清得知了消息，既震惊又痛惜，就赶去看现场，结果在水塘里发现了被扔掉的丝织品碎片。他捞取上来，将那些碎片带回了实验室，经过有效处理后，将那些碎片文物拿来做实验，从而为丝织品文物保护技术的重大突破提供了依据。

要做好出土丝绸文物的保护，首先要过的就是文物出土“揭取关”，也就是如何将墓葬中一层层叠压在一起的丝织品，一层层完好无损地取下来。彼时的国家文物局科技专家组组长王丹华发明了一种揭取配方。吴顺清因地制宜，经过反复实验，配制出适用于江南水乡古墓葬丝织品文物的剥离剂，直到现在还在运用。最为人称道的是谢家桥汉墓特大“荒帷”的成功揭取，随后吴顺清对“荒帷”进行了修复，第三层“荒帷”还赴北京参展，得到众人的好评。

随后，吴顺清又运用逆向思维，培养了一批专吃丝织品文物上有害物质的细菌，加以保护修复。这被业内称呼为“细菌战”。吴顺清带领他的团队经过反复实验后，终于取得了重大突破，研制出生物酶技术，去消解出土丝织品文物发生的糟朽、霉变等问题，达到了复原丝织品并加固丝织品文物材质的目的。运用这些独创的出土丝织品文物保护技术，出土的丝织品文物神奇地可以卷曲、折叠和悬挂，色彩也是鲜亮明艳、光彩照人，既能参展，又能提供研究，有效发挥了出土文物的价值。

多少人漫步博物馆，看见那些修复后的古器物，它们

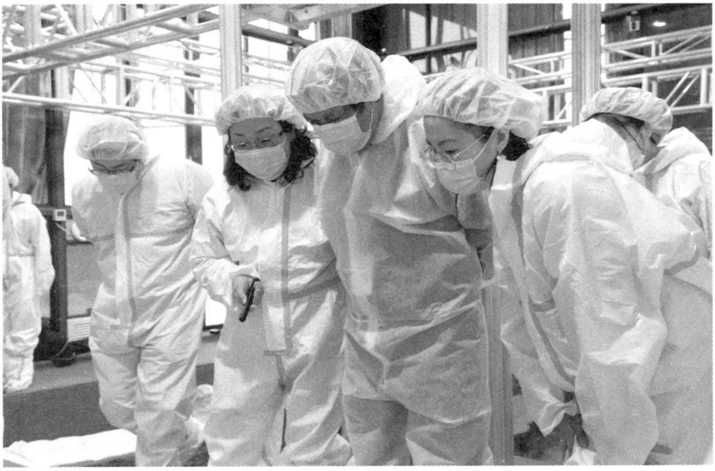

吴顺清（右二）在三星堆 5 号坑发掘现场

色泽鲜亮、栩栩如生，似乎在无声地诉说千余年前古文化的辉煌灿烂。然而，它们能够面世，是经过文物专家之手，耗费了他们的无数心血。谁能知道，当初出土时它们蓬头垢面，形同一摊烂泥或者就是一堆僵死的虫子？尤其是南方出土的饱水状态的木漆器，就像海绵一样脆弱不堪。吴顺清介绍，南方出土的竹木漆器类文物，由于地下水位高，文物含水率超高，大部分在300%至700%，有的甚至高达1500%。它们出土后，如何保持原本的形状？很长时间以来，出土的木漆器只能仿照原来的存活环境，靠暂时浸泡在纯净水中的方式来维持形状。

然而，这只是权宜之计。文物出土就是为了研究，为了展示它们作为艺术品的神韵，还为了告诉世人历史的真相。怎么能一直泡在水中？那么，脱水技术就成为一个亟须解决的问题。吴顺清说，当时他的老师明确告诉他，这是一项难度很大的挑战，因为这不单涉及考古历史学和化学实验，还涉及材料学、工艺学、宗教学、建筑学、艺术美学、微生物技术等多个领域，需要协同研究。

的确难，一听脑袋都变大了。但是，吴顺清被激发出兴趣，他迎难而上，铆上这个课题。他相信，只要下定决心去做，没有攻克不了的。

如何攻克？

他在多次实验后，决定要先找到新材料来处理出土的文物。20世纪七八十年代，文物保护工作还很小众，条件也是异常简陋。吴顺清介绍，那时的实验室其实就是个空壳子，不仅没有尖嘴笼头、真空泵等设备，实验室的“桌子”都是棺材板板，经费更加捉襟见肘，连购买化学试剂的钱也是单位挤出来的。而那些化学试剂到货后，是在一个距单位几十公里的大仓库。彼时还没有快递，也没钱去请小工送来，怎么办？只有自己亲自去拉，怎么拉？推着板车搬运回来，这样一去一回，就是大半天时间。说起这件事，吴顺清就很感慨。

材料运回来了，就是开工。说是开工，还有个准备过程，主要是人手要齐全。文保工作涉及的学科领域太广，以前，吴顺清介绍本职工作会谨慎用词，在团队前加上限定语“大多数学科领域”，但现在，他说：“我们的文保工作涉及全部领域，这是一项堪称综合性知识的大比拼。我们要与各个学科联手，与时间拼搏，尽可能地展现几千年前文物的原貌，实际就是在还原一段历史的真相，告诉世人它代表的一个时代的生活状况。”那么，要保证高质量又能尽快地完成任务，就需要联手各个专业学科人员来组建团队。

这也是一件颇费心力的事情。

吴顺清跑上跑下，发挥能发挥的关系人脉，又取得组织的支持和帮助，还联合了大专院校科研机构，终于组建起一支专业团队。

队伍组建起来了，接着是动手实验。虽然内心焦急，但是心急吃不了热豆腐，文保工作程序繁杂琐碎，吴顺清

吴顺清（左四）在观看三星堆 5 号坑套箱

在多年的时间里也摸索出经验，他知道，只要心中有想法就好，再慢慢琢磨，头绪就出来了。说到“想法”，吴顺清解释，那是一个思考琢磨的过程，是对出土文物进行归类识别的过程。因为，对于一个合格的文保工作者来说，文保工作，除了技艺把控，还要长期学习历史和文化史。对于一件出土的文物，它的构架、装饰、颜色都代表了一个时代的文化审美水平，文保工作者只有了解历史和文化史，才能引经据典地去发现文物背后的东西——它属于哪个时代，当时什么样的人才有资格使用它？人们为何喜欢这样的造型装饰？它在当时有什么功用？它反映的当时的生活状况是什么……这需要文保工作者根据自己拥有的历史和文化史知识来作出判断和分析。

等“想法”清晰，并有了雏形，再按照步骤实验，事情就有机会成功。步骤虽多，都是一些细微不起眼的，却是一环也不能省，更不能掉以轻心。修复工艺烦琐细碎，从清洗、脱水、干燥，到髹漆、彩绘、封护，等等，要进行近 20 个步骤才能让沉睡的文物“复活”。技术活加手工活，都很考验人。脱水定型后的工艺也是“苛刻”，就拿彩绘来说，文保工作者必须屏气凝神，呼气和吸气必须保持均匀，否则，手力轻重不一，拉的线条就不流畅，粗细就不一样。所以，出土文物的保护修复过程，无论哪一个步骤，都要慢慢来，慢工出细活，这在文保业内是公认的真理。

为饱水木漆器脱水，就一句话的事情，却是时间之战。

一般情况下，这项工作需要3到5年的时间才能看到效果，它最是讲究细节，时刻在诠释“失之毫厘，谬以千里”的古训。这个古训就像紧箍咒，时刻在脑海里提醒着，要细心，不要放过一点细节，否则，出点儿偏差，就意味着前功尽弃，又要推倒重来。看似手工活，却是高度集中意念的工作，必须慎之又慎。

就在那样简陋的100多平方米的平房里，吴顺清夜以继日地进行了无数次实验。失败再重来，而重来，大多数情况下，是推倒一切从头开始——

听吴顺清介绍到这里，让人又想起希腊神话中不断推石头上山的西西弗斯。吴顺清也很感慨，讲述了他彼时的心情，“我那时年轻，只想把事情做好，浑身都是蛮劲，一旦投身实验就罢手不得。我记得最长的一次工作时间，是连续工作了70多个小时”。说完这句话，他哈哈大笑。爽朗的笑声透出骄傲，也透出对青春岁月的拼搏精神的肯定。

如此的“拼命三郎”，大概从不辜负岁月吧，时间也回馈吴顺清丰硕的成绩。10年后，他终于在前辈导师的研究成果上，改进出一套成熟的复合乙二醛脱水技术。即先将出土的木漆器清洗干净后浸泡在药水里，药水渗透到木漆器纹理，又以强大的威力置换掉木漆器“体内”的水分，支撑起木质结构。经过这种脱水方法处理，木漆器基本保持了原有的形状。至于颜色，有暗淡的、消弭的，需要再补彩。如此，修复后的木漆器崭新如初。目前，全国发掘的陵墓遗址中，涉及出土的木漆器文保工作，基本上都采用复合乙二醛脱水技术。

吴顺清介绍，这些年来，荆州文物保护中心在文物保护和修复工作上不断利用科学技术手段，不断提升全国出土木漆器文物的保护和修复的整体水平，安全有效地保护了文化遗产。

楚式漆器历史悠久，是古楚文化的鲜明标志。2500年前，以湖北荆州为中心，楚文化勃发兴盛，楚国先民从漆树上采漆，以木胎制器，反复髹涂，精心描绘，将楚式漆艺推到全球“漆器工艺的高峰”。随后，它们被埋藏地下，作为文物进入另类的生存模式。但当它们被发掘出来，经过吴顺清这样的“文保医生”们之手，进行有效的清洗、保护和修复，重新焕发青春光彩，向世间展示它们美轮美奂的妙容，传达意蕴丰厚的东方神韵，昭示我们祖先的生存实况时，也转化出巨大的社会效益。

说到底，这要归功于吴顺清这些“文物医生”们。

吴顺清于1973年12月参加工作，不久就奔赴考古一线，守在现场，跟着老师和同事们学习文保。他虚心好学，又要强，生怕自己因为资历浅、经验不足而掉队，总是抓紧一切时间请教。更重要的是，他爱自己动手实践，也知道到第一线实践的必要性，从而有效地增长了经验和见识。说起出土的木漆器的文保工作，他总爱提到长沙马王堆的三座西汉墓葬，说那里出土的竹木漆器有30多种，当时囿于文保技术不成熟，不能得到较好的清理和保护，修复也是空谈。只能把它们浸泡在同质环境的水中保存，无法摆列出来向世人展现它们的面目，作为一名文物保护工作者，想想就觉得痛心。

但是，吴顺清加以改进的复合乙二醛脱水技术出来后，2003年8月，长沙马王堆出土的那些精美的竹木漆器文物终于要重见天日了。湖南省博物馆（现湖南博物院）和荆州博物馆达成协议，一起编制了《马王堆出土竹木漆器保护方案》，明确规定，那些出土的竹木漆器文物由荆州文物保护中心具体负责修复。2006年，这个方案得到国家文物局的批准后开始实施。项目历时5年，吴顺清带领十多名工作人员先后参加了马王堆出土的竹木漆器文物的保护和修复工作。他们经过清洗消毒、脱水加固、修复髹漆再封护等保护处理方法，使这批竹木漆器收缩率均保持在1%左右，也向世人展现了它们的非凡神韵。吴顺清用了两个词语概括那些经过修复的竹木漆器文物：色彩鲜亮，形态稳固。

2010年9月，山东省菏泽市国贸中心建筑工地出土了一艘古船。古船形体高大，是山东省首次发现的保存最为完整的元代内河古船。但它出土时，只有右舷、船底以及其他零散分布的船板。对于大体量沉船的修复，吴顺清的团队还是第一次遇到。在他的指导下，2012年3月修复工作开始实施，经过清洗、脱盐、脱水加固、修复等多个环节，又以右舷为依据模板，对比复制出左舷，并镶嵌成功，全部过程几乎保留了古船原有材料。2014年5月，这艘古船恢复了600余年前的面貌，复原后的古船共有11道隔舱板，不同船板之间用船钉和卯榫连接，现在它仍在菏泽市古船博物馆展出。

这些研究成果，给吴顺清带来了不少荣誉。他先后荣获了国家文物局创新一等奖1项，湖北省科技进步奖二等奖2项，并获得2005年全国文化系统先进工作者、2011年全国五一劳动奖章、2013年湖北首批文化名家、第六届全国优秀科技工作者等多项荣誉和称号。

2024年3月1日，由中华全国总工会、中央广播电视总台主办的2023年“大国工匠年度人物”发布活动，揭晓了10位“大国工匠年度人物”，吴顺清顺利当选。于是，各级采访宣传如潮水般涌来。而面对荣誉，吴顺清看得很淡然，面对采访时他的神色如往常一般平静，回复的语调也很轻柔。他说：“荣誉不荣誉的，只是一种认可方式，与其说这些荣誉是奖励给我个人的，不如说是奖励给我们荆州文物保护中心整个团队的，是对我们这个团队这些年来所做的工作的认可和肯定。”

至于荣誉带来的影响，吴顺清如此说：“我想还是有的，你看，这么多宣传者来到我们单位参观、采访，我的心情有些矛盾，一方面很高兴，另一方面又觉得有些浪费时间。但总体来说，我还是觉得，必须配合好完成那些宣传。原因是，这绝不是针对我个人，而是对我们这支文保队伍的宣传。起码，在宣传中，我们从事的比较冷门的文

吴顺清在 2023 年“大国工匠年度人物”发布仪式现场

吴顺清获得“大国工匠年度人物”荣誉称号

保工作走进了大众视野，让大家知道这么一回事，并不是那么刻板枯燥，相反，还挺有趣。无疑，这会吸引不少年轻人的目光，让他们产生兴趣，甚至加入我们文物保护的队伍中，这是我最高兴的事情。”

第十二章 薪火传承

这些年来，吴顺清骄傲的不仅是攻克了一些文物保护和修复的难关，还培养了一支素质过硬的年龄层次呈现阶梯状的团队。通过“吴顺清文化名家工作室”研究团队，一批批文物工作者逐渐成长起来。他们聚集本领域，聚焦文化遗产保护关键技术的核心研究成果，进行集成创新，为历史物质文化遗产提供技术支撑，成长为文保工作的栋梁之材。

“考古现场就是战场，我们这些文保工作者就是‘文物医生'，我们的工作说穿了，就是抢救'伤病员'，要提高有效性，就必须要蹲守一线现场；要经常去，并且待在那里，熟悉文物，与它们建立起感情，这些文物'伤病员'才能信任我们。”吴顺清对年轻人苦口婆心地教导，与其说是教诲，不如说是掏心地传授经验。

如今，文保中心的年轻人到一线锻炼已经成为一种惯例和工作常态，也是技术“必修课”，他们一年中也是大部分时间会跑现场。对年轻人，吴顺清经常说：“你们只有参与好考古现场的保护工作，才能掌握文物的一手材料，练就一双'千年眼'，后期室内保护工作才能事半功倍。”

吴顺清在文保行业工作了大半辈子，对待文保工作事无巨细、从不怠慢，面对各种问题不愿服输，一心只想把出土的文物保护好修复好。针对出土文物的“疑难杂症”，他这个“文物医生”不断地钻研新课题，克难攻关地实验研究，拿出好对策，提高了文保工作的时效性，也将文保工作价值化。这样的价值，不仅体现在他个人身上，还体现在他的单位和前仆后继加入文保工作的后学上。

从某种意义上说，正是像吴顺清这样的一群文保工作者的努力，他们的单位才能声名远扬。这也是相互成全的过程。

2003 年 7 月，荆州文物保护技术研究中心从荆州博物馆脱离出来，成为一个独立的单位，吴顺清被聘为首位主任。2005 年，该中心更名为荆州文物保护中心。荆州文物保护中心的科研大楼总投资 9300 万元，建筑面积达到 9600 平方米，是目前全国占地面积最大的文物保护中心。它与三国公园和荆州博物馆连成了一片，是一座大型的文博园。科研大楼里的各类文物保护装备价值有 5000 多万

荆州文物保护中心文物修复室

元，其中，高光谱、扫描电子显微镜及能谱、显微激光拉曼光谱仪等 50 万元以上的科研仪器设备就有 11 台，技术装备超过国内大部分省级文物单位。荆州文物保护中心拥有全国竹木漆器文保修复和丝织品修复、简牍修复领域的顶尖团队，集文物保护、修复、科研为一体，是出土木漆器保护国家文物重点科研基地依托单位之一。据统计，全国 80% 的饱水简牍和 70% 的已保护的出土饱水木漆器都是在荆州文物保护中心修复的。由于各地等待修复的简牍太多，荆州文物保护中心还在长沙、兰州等地设立了 8 个工作站。

现在，荆州文物保护中心具备每年修复木器漆文物 500 至 800 件、竹木简牍 5000 至 8000 枚、丝织品 200 至 300 平方米的能力。自然，荆州文物保护中心作为全国最主要的出土竹木漆器保护和简牍保护基地以及重要的出土丝织品保护基地，它不仅属于荆州，还属于湖北省和整个中国。它在文物保护领域发挥着不可替代的作用。

吴顺清的家就在三国公园百米外的一个小区内，只要不出门跑一线现场，每天起床拾掇后，就步行到单位，忙完手中的事情，再踱步回家。他说：“很方便，家和单位对我而言，就是一回事，无非是我工作累了，借此休息放松下，休息好了，便开始工作，我的生活就这样。”

吴顺清的儿子吴昊已经在文保中心工作20年了，也在修复部工作。吴昊大学学的是美术专业，从小受到家庭的熏陶，高中时寒暑假基本就待在文保中心，不时参与其中的工作，这一切都源于他对文保工作的痴迷。2005年大学毕业后，吴昊来到文保中心工作，正式成为文保工作者。采访他，几乎是在匆忙中完成的，他语速快，表达中不时地抬腕看手表。吴昊很忙，又珍惜时间，我们匆忙交流了下，他便离开了。而且，他走路也是两脚生风。

吴昊绝大多数时间都放在文保工作上，即使下班了，一周内除了周六陪伴下家人，其余时间也大多是在查阅文献资料和撰写论文、专著上。他牢记父亲的教诲，经常深入一线，多次去海昏侯墓、三星堆遗址、武王墩墓等第一线，参与文物出土和保护修复。目前，他是荆州文物保护中心副书记、副主任，兼任出土木漆器保护国家文物局重点科研基地副主任和出土竹木漆器科技史研究方向学科团队带头人。他作为“80后”的一员，却是成绩斐然，主持或参与科学研究20多项，其中科技部8项、国家文物局课题10项，科研基地课题8项；主持参与发明专利4项，并参与编制竹木漆器类文物保护技术手册以及修复师教材3项；多次荣获市级、省级荣誉和省级、国家级别的科技奖项。值得一提的是，在吴昊的带领下，2022年荆州文物保护中心技术研究部工作团队获得了“荆州青年五四奖章集体”荣誉称号。

采访中，我问吴昊对文物工作的看法，他毫不犹豫地接口道：“文物无小事，见到出土的文物，整个脑海就被它们占据，那时，只有一个念头，就是要把它们保护好。”

而对于“文物保护”，吴昊又有自己的理解。他认为，好的修复师不仅是对出土文物的还原，而且还应是修复师个人学识素养的美学处理的再次创造。大概这是吴昊对文保工作者的认识吧。而这种认识，集中体现于他在2023年由中国美院举办的文物保护和修复研讨会上的发言，标题是《饱水木漆器文物修复研究》。在发言中，他清晰地提出一名成功修复师具备的条件——修复师的价值取向决定修复的质量，提升修复师文化素养，在遵循文物修复“原真性”的基础上进行“再处理”，才能最大限度地体现文物的价值。价值不是凝固的，是流动的前行的，是古今融合的，文脉在“修复”中恰如江水滔滔流淌，且流且新，流出了新气象……

这番话也可以应用到吴顺清带领的文保工作团队上。一群群后学们，参与到文保队伍，形成了文保工作的梯队，他们踩着师长的脚印，不仅是赓续了前人经验，还创造了符合他们个性气质和时代精神的崭新气象。而这一切，均源于吴顺清这样的前辈，他和他的同辈人对文保工作的虔诚执着和拼搏创新精神，树立了标杆，也挖掘出文保江河的活水源头。

而像吴顺清一家人从事文保工作的，单位还有。

楚式漆器修复专家杜道子是吴顺清团队的一员，也是吴顺清的徒弟。杜道子在文保中心从事竹木漆器的修复工作，2000 年前的大型宫廷漆木乐器“虎座鸟架鼓”就是他参与修复的杰作，如今是荆州博物馆的镇馆之宝之一。还有一件极为罕见的“漆扇”和 2600 年前的建鼓修复……现在，杜道子已经退休，但又被单位返聘，担任荆州文物保护中心木漆器修复技术指导。杜道子谈到文保工作，竟与他的师父吴顺清的看法一样。他说：“我们做文物修复的实际就是‘医生’，将残件拼凑完整，就像外科医生做手术；而髹漆完成胎体就是内科医生的事情；再把纹饰梳理好，做得漂亮，就是美容科医生了。对出土文物的保护和修复是综合性的工作，我们文保中心就像一个医院。”

而杜道子的儿子杜可竹也是荆州文物保护中心的一员，现在是荆州文物保护中心文物保护修复部副主任。杜可竹1987年出生，以前学习工艺美术，从小在父亲的感染下，就对文保工作心存敬意。21岁大三那年暑假，在父亲的建议下，他开始在荆州文物保护中心实习，一下迷恋上文保行业。毕业后，杜可竹直接选择加入文保行业，成为一名文保工作者，与父亲杜道子在同一个修复室。这真是子承父业。

如今，杜可竹已在荆州文物保护中心工作16年了。他说：“我在这里度过了人生最美好的年华，基本就是两条路，要么待在修复室对出土文物做保护修复，要么就待在第一线现场，听来挺简单枯燥，但我个人感觉很值。”

2024年底，杜可竹正在参加全国出土的木漆器文物修复师职称评级的教材编写，同时还参与了武王墩墓的木漆器出土文物的修复工作。而他在对那座高达1.9米的战国虎座凤架悬鼓的修复中，积累了很多心得。他娓娓道来保护和修复的经过：先是清洗，再给虎座凤鸟漆木鼓架做脱水处理，运用的就是复合乙二醛脱水加固技术；然后取出来给它做干燥定型处理；随后就是胎体修复和髹漆彩绘。

吴顺清（右五）和年轻的文保工作者在三星堆考古现场合影

虽然步骤介绍起来只有一分钟，但是整个过程做下来，需要3到5年时间，有的甚至时间更长。他承认，这项修复很考验人，主要是对虎座凤架悬鼓整个胎体形制的一个复原，因为它被盗出来后，没有进行脱水的保护修复过程，导致表面的木头收缩得很厉害。幸亏整个文物在木材选择上，所用的材质好，有一定的硬度，收缩的比例不是很大，因此，他们修复的时候，慎之又慎，尽量让收缩的部分得到复原。无疑，这需要时间。

说着，杜可竹展示了他的修复工具。除了常用的锯、斧、刨、凿、钻和各式雕刀，还有他们家传自制的弯刀、钩刀、翻口刀等。他说："每件出土的文物受到破损的难度不一样，都有独特的材质，为了避免损坏，所以选用的工具也会不一样。"

杜可竹谈起那个战国虎座凤架悬鼓仍是兴味盎然，脸上浮现微红，看得出，他很兴奋。他介绍道："我们当时对虎座凤架悬鼓的表面颜料进行了采样分析，分析结果出来，一看，有重大发现。那个黄色颜料里含有桐油的成分。这里有个疑问，因为这个文物是被盗出来的，无法确定这个桐油到底是它出土时就这样，还是后来被人为涂上去的。我们只能等待，等武王墩墓完全发掘再看，如果墓里面出土的文物还含有桐油之类的颜料，我们就可以把桐油使用的年限，直接推前到战国时期了。”

2024 年，杜可竹多次出门到一线考古现场。在接受采访后，他表示，近期还要去徐州博物馆一趟。即他的“出门”，除了到考古现场和修复现场，还有不间断地学习取经。他认为——“对出土文物的保护工作其实就是一个不断学习、积累经验的过程。在文物面前，我还是幼儿园的学生，要保持敬畏之心，学习钻研，争取把工作做好，做到极致。”

梦想扎根成长的地方就是初心的选择。2016 年 7 月，荆州文物保护中心招聘来一位武汉大学物理化学专业的博士，他就是 1987 年出生的赵阳。他在硕博连读期间，研究方向就是文物的分析和保护，就这样，他应聘来到了荆州文物保护中心工作。在这里，赵阳发挥专业特长，主持了“馆藏竹木漆器典型病害及防治研究课题”，这是属于国家级别的重点研发计划。在此期间，他多次与国内外同行进行学术交流，再加上他不断参与文保工作积累的实践经验，让他心得颇多，撰写并发表了多篇学术论文；申请了《基于馆藏环境下漆器文物的加速老化实验装置的使用

吴顺清（左）在扬州工作站指导工作

方法》的专利，针对出土的木漆器文物，首次提出从病害机理、病害表征评估、病害程度预测到保护技术的一揽子解决方案。2021 年 6 月，“丝绸之路文物科技创新联盟走进中国科学院”活动在上海举行，赵阳作为唯一一个地方单位的代表，在这次大会上作了专题报告《出土饱水竹木漆器的保护探索与实践略述》，介绍了竹木漆器现场提取保护、竹木漆器病害分类、简牍脱色技术等内容，再一次为单位争得荣光。2023 年 5 月，荆州秦家嘴考古现场，考古人员正在雨中对竹简进行现场发掘。赵阳和现场考古人员经过几番商议后，决定采用两端局部固定、整体软托的方式进行提取，并对竹简进行了饱水、避光、防震等处理，最后成功提取了完整的文物。接着是修复工作，赵阳和他的同事们经过温水浸泡、仔细清污、纯水润滑，再缓慢揭取，终使秦家嘴 6000 余枚竹简露出了真容。现在，赵阳是荆州文物保护中心文物修复部主任，是出土木漆器保护专家，他已经在这里工作了 8 年时间。

赵阳说：“当我们看到几千年前的古人和我们书写一样的文字时，‘薪火相传’的意义就具象化了，这种血脉相通的感觉让人怦然心动。”

而像吴昊、赵阳、杜可竹一样的年轻人，荆州文物保护中心还有很多。这些“80后”“90后”占了全单位职工的80%以上，而且均是术业有专攻的队伍，目前这支队伍新加入的一个年轻人，是1998年出生的，算是年纪最小的一位。这支年轻的队伍将高新科技运用在出土文物的修复和保护中，打造了出土文物的科技创新窗口。

而这些年轻人穿着工作服，在实验室、修复室、文物保存室等办公室内埋首工作，或者对着电脑查看数据，或者对着仪器研究文物材质构造，或者拿着修复工具正在操

文物修复室里工作的年轻文保工作者

作，或者拿着一支笔刷在擦拭文物的尘埃……那份全神贯注和沉着老到，削减了年轻的莽撞和喧哗，呈现出超越年龄的静气和慧气。而整个“回”字形的科研大楼则弥漫并回旋着坚守和传承的工匠精神。

吴顺清很为这些后学们的工作成绩和精神状况而自豪。他介绍道：“我们这里有一支青年科学突击队，目的就是解决有机质文物的一些重大科技问题，涉及考古现场的保护、病害控制、脱色脱水、修复复原，还有技术推广

一群年轻文保工作者的日常

等。以前，我们条件差，技术设备和人才、资金什么的都没有，但现在，条件有了根本性的变化，各方面条件都不错，尤其是国家重视，这些都为这些年轻人提供了做事业的有力保障。有时候我还挺羡慕他们的，但我也不后悔，我们这一辈人努力过、拼搏过，虽然都是默默无闻地工作，但我们对得起自己的良心。剩下的文保之路还很漫长，也很艰巨，我们已经老了，即使有那个上进心，也是精力有限，那就要看这些年轻人了，我对他们很期待。”

吴顺清述说这些的时候，声音由高到低，直至喃喃自语，双眼看向前面不可知的地方。他那个样子，就像一位慈祥的父亲。

后　记

从 2024 年 12 月初接手本书采写的任务，我开始准备相关资料和深入荆州文物保护中心采访，再到后续与荆州文物保护中心的多位老师们取得联系，大致 12 月底才开始拟提纲动笔。

最先完成的是序章，写来顺手，两三天时间完成。接着是第七章，初稿完成后，我发给了荆州文物保护中心办公室主任邱祖明看。这里面主要是涉及一些专业性知识，而且年代久远，再加上当时采访时，吴顺清老师基本是钟祥味道的普通话，我是配用了录音设备和记笔记相结合的方式完成采访的，故而文字要保证严谨，还须有专业人士把关。所以每完成一个章节，我就发给邱祖明主任，希望得到他的指点。邱祖明主任很认真，为人也谦逊，拿着我的这组文字发给相关的人员看。随后，我们多次通电话，就某个细节和专业术语进行交流。而且，邱祖明主任很负责，在求证相关人员后，再向我转达相关人员的意见，力求文字不出现偏差。

这里需要说明的是，我完成的部分章节最初并未发给吴顺清老师过目，主要是考虑到吴顺清老师的时间和身体。采访中，我已经认识到，他是将时间看得比生命还要珍贵的文保老师，再者，他已经76岁了，手机上的文字很让眼睛受累。

基于以上原因，我先发给了邱祖明主任，而后续的一些事情，也是基本与邱祖明主任对接。

就这样，2025年1月底，我基本完成了文字初稿。在与邱祖明对接并确认初稿不至于“外行”的情况下，我联系了吴顺清老师，并交上完成的初稿，请他过目指正。2月初，吴顺清老师看完了初稿，并多次电话联系我，与我沟通，对初稿提出了中肯的修改意见。2月中旬，稿件基本定型。

不能说写得很顺手，但也不是很受阻，尽管当初我担心“隔行如隔山”。原因在于，我的确是受到激情的鼓舞。文保工作冷门，在于它多半是在与时间较劲。如果没有一颗安静的心和享受文保乐趣的定力，几乎难以走下去，更别说做出什么成绩了。

但世上偏偏就有这样一群人，他们乐于时间的僻静，埋首手中的文物，享受历史与当下的对接。

我脑海中时常闪现那样的画面：一个蹲守在古墓边的背影，安静专注，时光却为此停下脚步，背影定格的旁边，出现一条通道，通道两头的古今人物相互走近，继而弯腰施礼，而远古器物和当下的高科技彼此融合而流转……

那时，我就莫名地安静下来了。我双手手指静静地敲击键盘，叙述一个“文物医生”的故事……那些黑字闪现在白色的文档上，仿佛一簇簇黑白画的稻谷。

这种感觉有些自我，却又很及时，“自我”感受下，叙述的文字才会纯粹。我想，我其实是在致敬——朝着在无尽岁月中挖掘真相、联结古今文脉的匠师致敬。

叙述中，我也常常想起吴顺清老师讲述他的遗憾。除了古墓中鲜绿的竹子在出土后不久就变黑毁灭，还有一把稻谷“见光死”的经历。那是1975年，凤凰山167号古墓进行开掘，古墓是西汉时期的，保存得较好，里面珍藏的文物很多，也很珍贵。当时一些陶罐毫不起眼地躺在墙角边，有些里面还有布包，考古人员打开布包，顿时愣了，里面竟然是一把金黄的稻谷。那金黄灿烂的颜色像火把一样点燃了大家的眼睛，让在场人员都屏住呼吸，眼睛齐刷刷地盯着那把稻谷。吴顺清老师却反应过来，招手叫摄影师：“愣着干吗？还不快拍照留影。”就在摄影师举起相机拍照时，那把稻谷慢慢地打蔫变黑，接着完全委顿，变成一把黑色的废物。前后不到一分钟的时间，稻谷发生的质变令众人再次傻眼，并发出一声声痛惜的叹息。吴顺清老师说：“这是我最最痛心和遗憾的事情，那件事也给我发出警告，文物出土的现场保护要提高技术水平，要有好对策，要不，会愧对历史、愧对祖先。”

吴顺清老师讲述这个细节时，双手放在办公桌上，竟然微微在颤抖，而望向半空的眼睛猛然垂下。我意外地发现，那双眼睛有些发红。

情绪是可以传染的，我也感到难过。继而我体会到，我的难过情绪，不仅是被感染，还因为那把稻谷，那把连接2000多年时间的稻谷就在面世时，却“见光死”了，真让人痛惜。也就在那时，我发现自己融入本就陌生的文保行业中了。这种真实的细节性感受，可谓“心领神会”，且在后面的采访中屡次体验到。

采访结束离开荆州文物保护中心时，我心中有个声音响起，写下吴顺清老师的经历，记录一段真实的琐碎的却又闪光的人生，因为你已经听到和看见，还因为你已经以感情进行了共鸣交流。

但我笔拙，对吴顺清老师精彩的人生经历可能还没有深层次触及。我心中有歉意，却也不后悔。毕竟，在被触动后敲击键盘，种下一排排“稻谷”般的文字，是对自己情绪的一个最好交代。

最后，感谢徐剑老师推荐我记录吴顺清老师的事迹，感谢荆州文物保护中心老师们不厌其烦的帮助。

2025 年 2 月